हिन्द पॉकेट बुक्स

एक काली लड़की

तारांशंकर वन्धोपाध्याय प्रसिद्ध बांग्ला साहित्यकार हैं। इन्हें *गणदेवता* के लिए 1966 में ज्ञानपीठ पुरस्कार से सम्मानित किया गया था। ताराशंकर वन्धोपाध्याय को साहित्य एवं शिक्षा क्षेत्र में भारत सरकार द्वारा सन 1969 में पद्म भूषण से भी सम्मानित किया गया। ये पश्चिम बंगाल से हैं। इनके द्वारा रचित एक उपन्यास *आरोग्य निकेतन* के लिये उन्हें सन् 1956 में साहित्य अकादमी पुरस्कार से सम्मानित किया गया।

एक काली लड़की

तारांशकर वन्धोपाध्याय

हिन्द पॉकेट बुक्स
पेंगुइन रैंडम हाउस इम्प्रिंट

हिन्द पॉकेट बुक्स

यूएसए। कनाडा। यूके। आयरलैंड। ऑस्ट्रेलिया। सिंगापुर
न्यू ज़ीलैंड। भारत। दक्षिण अफ्रीका। चीन

हिन्द पॉकेट बुक्स, पेंगुइन रैंडम हाउस ग्रुप ऑफ़ कम्पनीज़ का हिस्सा है,
जिसका पता global.penguinrandomhouse.com पर मिलेगा

पेंगुइन रैंडम हाउस इंडिया प्रा. लि.,
चौथी मंजिल, कैपिटल टावर -1, एम जी रोड,
गुड़गांव 122 002, हरियाणा, भारत

पेंगुइन
रैंडम हाउस
इंडिया

प्रथम संस्करण हिन्द पॉकेट बुक्स द्वारा 1974 में प्रकाशित
यह संस्करण हिन्द पॉकेट बुक्स में पेंगुइन रैंडम हाउस द्वारा 2022 में प्रकाशित

10 9 8 7 6 5 4 3 2

इस पुस्तक में व्यक्त विचार लेखक के अपने हैं, जिनका यथासंभव तथ्यात्मक
सत्यापन किया गया है, और इस संबंध में प्रकाशक एवं सहयोगी
प्रकाशक किसी भी रूप में उत्तरदायी नहीं हैं।

ISBN 9789353495343

मुद्रकः रेप्रो इंडिया लिमिटेड

www.penguin.co.in

FSC www.fsc.org MIX Paper from responsible sources FSC® C047271

This is a legitimate digitally printed version of the book and therefore might not
have certain extra finishing on the cover.

एक काली लड़की

बिलकुल बिल्ली की आंखों जैसी थीं उसकी आंखें। सफेद घेरों के बीच में कत्थई या काली पुतलियां नहीं, बल्कि कुछ नीली-सी, दो मणियों की तरह, चमकदार। जिस तरह बिल्ली की आंखें रोशनी में फीकी हो जाती हैं तथा अंधेरे में अंगारों-सी दहक उठती हैं, उसी तरह इसकी आंखें भी कोई गुस्से वाली बात होने पर लाल हो उठती थीं।

लेकिन वह व्यक्ति चेहरे से बिल्ली जैसा नहीं दीखता था।

खड़ी नाक, लम्बा चेहरा, हाड़-मांस एवं पेशियों से मज़बूत शरीर, करीब पौने छह फुट लम्बाई, छाती प्रशस्त, शरीर का रंग तांबे सरीखा, बल्कि उससे भी अधिक गहरा, लेकिन कानों के आसपास, गले एवं चिबुक के बीच की धारियों में सफेद रंग, काई-लगे पुराने मकान के पच्चीकारी वाले खंभों पर सफेदी की झलक की तरह नज़र आ रहा था।

सिर के बाल गंदे तथा रूखे थे। यद्यपि उनपर धूल जम गई थी, पर बालों का रंग था काला ही। हां, सिरे ज़रूर लाल थे, पर वह मेहंदी का रंग नहीं था।

पश्चिम पाकिस्तानी सैन्यवाहिनी के अत्याचार से पीड़ित पूर्व बंगाल से भागे लाखों-लाखों श्यामल एवं कृष्णवर्ण लोगों के बीच उसे पूर्व पाकिस्तानी नहीं माना जा सकता था।

'तुम पश्चिम पाकिस्तानी हो ?

'पंजाबी ? सिंधी ? बलूच ? या गिलगिट अंचल के हो ? क्या बहुत दिनों से पूर्व पाकिस्तान यानी आज के बंगला देश में रह रहे हो ?'

ऐसे लोग आज भी बंगला देश में बहुत मिलेंगे। बिहार, यू० पी० से जो लोग पैतृक-स्थान छोड़कर पूर्व पाकिस्तान में वास कर रहे हैं, उनमें से भी कोई हो सकता है।

पूर्व बंगाल से भागे लाखों लोगों के साथ इस व्यक्ति ने भी सीमा पार कर इस देश में प्रवेश किया है। वह अनुमान नहीं कर पाया होगा कि उसकी आंखें ही उसे पकड़वा देंगी। कुछ उत्साही तेज़ युवकों ने गुप्तचर होने के शक में पकड़कर उसे पुलिस के हवाले कर दिया है।

उसके साथ एक बीमार काली लड़की है। बुखार से बेहोश लड़की में चलने तक की ताकत नहीं थी, इसलिए यह व्यक्ति एक प्रकार से उसे लादकर ही ले आया है। इस लड़की के कारण या पुलिस की तत्परता के कारण, यह व्यक्ति पाकिस्तानी गुप्तचर होने के शक में पकड़ा जाकर भी लोगों द्वारा दुर्दशा किए जाने से बच गया।

अभी कुछ दिन पहले दो-तीन व्यक्तियों को गुप्तचर होने के शक में पकड़कर लोगों ने पीट-पीटकर खत्म कर दिया था। बार्डर एरिया की पुलिस अत्यन्त सचेत एवं सक्रिय है। यह व्यक्ति बीमार लड़की को एक पेड़ तले लिटाकर विश्राम कर रहा था। पश्चिम बंगाल के कुछ उत्साही लड़कों और युवकों ने उसकी उन नीली आंखों और डील-डौल को देखकर शक के कारण कानाफूसी शुरू की ही थी कि उसकी किस्मत से पुलिस वहां पहुंच गई। पुलिस की तीक्ष्ण दृष्टि ने भी उसी क्षण उसे संदिग्ध महसूस किया। बस, बिना एक पल की भी देर लगाए उन दोनों को जीप में बैठाकर थाना ले आए।

मन का शक अस्पष्ट से स्पष्ट और उसके बाद पक्का हो उठा।

सिर पर इतने लम्बे रूखे बालों के सिरों पर लाल आभा ! और उसपर ऐसी आंखें ! ऑफिसर ने प्रश्न किया, "तुम तो पश्चिम पाकिस्तानी हो। है न ?"

उसने टेबल के सामने खड़े हो, बायें हाथ के अंगूठे को टेबल पर टिकाकर कहा, "नहीं। मैं पश्चिम पाकिस्तानी नहीं हूं।"

अब ऑफिसर ने प्रश्न को तीखे एवं रूखे ढंग से पूछा, "तो क्या तुम यह कहना चाहते हो कि तुम पूर्व पाकिस्तानी हो ?"

उसने कहा, "नहीं, ऐसा भी नहीं।"

"तो तुम पाकिस्तानी ही नहीं हो ?"

"नहीं साहब ! ऐसा कैसे कह सकता हूं ? आज चौबीस साल से पाकिस्तान की रोटी और नमक खा रहा हूं, इसलिए मैं पाकिस्तानी तो हो ही गया; लेकिन मैं पूर्व पाकिस्तानी या पश्चिम पाकिस्तानी नहीं हूं। हां, पाकिस्तानी अवश्य हूं। पश्चिम पाकिस्तान में बहुत दिन रहा हूं, उर्दू अच्छी जानता हूं। पूर्व पाकिस्तान में भी दस साल रहा हूं। लेकिन अब इसी देश का व्यक्ति बन गया हूं।"

उसकी बात पूरी होने के पूर्व ही बगल में खड़े लोगों में से एक तरुण धैर्य खोकर कुछ कदम आगे बढ़ा और तड़ाक से उसके गाल पर एक चांटा रसीद करते हुए डांटने जैसे ढंग से बोला, "शटअप यू...बदमाश कहीं का ! चालाकी दिखा रहे हो ?"

वहां उपस्थित सभी चौंक उठे। इस घटना के लिए कोई भी प्रस्तुत नहीं था। हां, उस व्यक्ति पर गुस्सा सभी को आ रहा था। सभी यही सोच रहे थे कि यह बांगला देश की भाषा को तोड़ - मरोड़कर बोल रहा है।

तरुण ने मारने के लिए दुबारा भी हाथ उठाया था, लेकिन उस व्यक्ति ने झटके से उसका हाथ पकड़ लिया और बोला, "क्या चालाकी की है मैंने ? मुझे मारा क्यों ?"

और इसके साथ ही पूरे कमरे में शांति छा गई। दूसरे ही क्षण शायद कुछ अघटनीय घट जाता, लेकिन थाने का ऑफिसर दोनों के बीच आ गया और कहने लगा, "प्लीज़, प्लीज़, प्लीज़ !"

फिर तरुण से बोला, "आप पीछे जाइए। आप लोग बाहर जाइए।"

वह व्यक्ति चुपचाप खड़ा था। उसकी वे पीली पुतलियां मानो अस्थिर हो क्षण-क्षण पर कांप रही थीं।

जिसने चांटा मारा था शायद वही या अन्य कोई होगा, गुस्से एवं घृणा-भरे स्वर में चीख उठा, "यह जासूस है !"

वह व्यक्ति गुस्से से पागल की तरह उस तरुण की ओर पलटने ही जा रहा था, लेकिन सफल नहीं हुआ। तुरन्त दो सिपाहियों ने, उसके दोनों ओर पहुंच, उसके हाथों को कसकर पकड़ लिया। आदमी अपनी पूरी शक्ति से चिल्ला उठा। विरोध में चिल्लाकर बोला, "नहीं, नहीं, नहीं। मैं जासूस नहीं

हूं। मैं जासूस नहीं हो सकता। नहीं। मैं इससे घृणा करता हूं। मैं इससे घृणा करता हूं।”

“तलाशी लो इसकी !” ऑफिसर ने अपने एक मातहत को हुक्म दिया।

वह दोनों हाथ ऊपर किए खड़ा था और एक सिपाही उसके कपड़े-लत्तों को टटोलकर, जेब में हाथ डालकर तलाशी लेने लगा। बदन पर एक फटी कमीज़ थी। ऊपर की जेब में एक डॉट-पेन, एक छोटी-सी नोटबुक। नीचे की जेब में कम कीमत वाले दो पैकेट सिगरेट, एक माचिस तथा एक लाइटर।

तलाशी देते समय वह व्यक्ति शांत खड़ा था। चेहरे पर उत्तेजना का नामोनिशान नहीं था। वह अपने-आप बड़बड़ा रहा था, “नहीं, मैं जासूस नहीं हूं। विश्वासघातक गुप्तचर—‘ट्रेटर स्पाई’ बहुत ही घृणित जीव होता है। मैं जासूस नहीं हूं। मैं न मुसलमान हूं, न हिन्दू। पाकिस्तान में मेरा जन्म भी नहीं हुआ। धर्म से मैं क्रिस्तान हूं। मेरा जन्मस्थान है कलकत्ता। मेरे पिता थे ऐंग्लोइंडियन, मेरी मां थी बंगाली क्रिस्तान। मां के पिता की उपाधि थी ‘विश्वास’। मेरी मां के पिता का मकान तालतल्ला में था। उसी घर में मेरा जन्म हुआ। बारह वर्ष की आयु तक मैं उसी तालतल्ला में बड़ा हुआ। मेरे पिता रेल के यार्ड ऑफिसर थे तथा मेरी मां पी० जी० हास्पिटल में नर्स थी। तालतल्ला रोड में, रिपन स्ट्रीट में, फ्री स्कूल स्ट्रीट में, मौलाली में ढूंढ़ने पर आज भी हमारी जान-पहचान के लोग मिल जाएंगे। 1947 में देश-विभाजन के समय मेरे पिता इंगलैण्ड या आस्ट्रेलिया या दक्षिण अफ्रीका जाना चाहते थे, लेकिन जा नहीं सके। मेरे पिता ने पाकिस्तान जाना स्वीकार किया। कराची में पिता ने रेलवे-यार्ड में नौकरी पाई तथा मां को रेलवे-हास्पिटल में नौकरी मिल गई। पिता ने मुझे मिशन स्कूल में भर्ती करवा दिया। मेरे पिता चाहते थे कि मैं शिक्षा प्राप्त करके इंगलैण्ड चला जाऊं, लेकिन...”

वह व्यक्ति लगातार इतनी सारी बातें बोल गया। ये सारी बातें उसने कुछ इस तरह से कहीं और उसकी आवाज़ में पता नहीं कैसा जादू था जो मन एवं हृदय को छूता था। यही कारण है कि वे दस-बारह व्यक्ति जो उसपर शक कर रहे थे, जिनकी भौंहों में बल पड़े हुए थे, वे भी उसकी बातें विस्मय के साथ मुग्ध होकर सुन रहे थे। उन्होंने भी अविश्वासवश या असहिष्णु

होकर एक बार भी विरोध नहीं किया।

बल्कि उनमें से एक ने निराश होकर कहा, "बस, बस, बहुत हो गया। सारी बातें बकवास हैं।"

लेकिन साथ ही एक और व्यक्ति ने उसे बीच में ही टोक दिया। बोला, "अबे, चुप कर ! सुन तो सही, वह क्या कहता है !"

"लेकिन," कहकर उस व्यक्ति ने दोनों हथेलियां फैला दीं और बोला, "मर्ज़ी खुदा की फेर नसीब का। कहां इंगलैंड, कहां आस्ट्रेलिया, कहां साउथ अफ्रीका, और मैं रहा पाकिस्तान में ही। मेरी मां अचानक हार्ट फेल होने से मर गई तथा पिता ने सूखे से चेहरे वाली एक अधबूढ़ी मेम से दुबारा शादी कर ली और मैं अकेला छोड़ दिया गया, परित्यक्त बालक की तरह। सारी दुनिया में मेरा कोई नहीं था, हालांकि मैं भी अब निरा बच्चा नहीं रहा था। मेरी उम्र पन्द्रह को पार कर रही थी। दुनिया के विचित्र आकर्षण ने मन को आकर्षित करना शुरू कर दिया था। ज़िन्दगी की बहुत-सी फालतू बातें मैंने गुपचुप जान ली थीं। रातों में मिशन से भागते समय भी दो-चार बार पकड़ा गया हूं। मेरा गला अच्छा था, सिनेमा के गाने भी सीखे। उर्दू गाने अच्छे लगते। गज़ल गाता। ये सब बातें फादर से छुपी नहीं रहीं। फिर, मेरे पिता अचानक इंगलैण्ड चले गए। मेरे खर्च के लिए एक पैसा भी नहीं दे गए। फिर भी करीब चार महीने फादर लोगों ने कुछ नहीं कहा। पांचवें महीने मैं मिशन का इलेक्ट्रिक सामान चुराते हुए पकड़ा गया।

"पढ़ाई-लिखाई में तो तेज़ था ही नहीं, शौक था तो बस गाने और इलेक्ट्रिसिटी के काम का। जो लड़के इधर-उधर करने में ही बहुत-कुछ सीख जाते हैं, मैं उन्हीं में था। खैर, मैं किसी तरह परीक्षा में पास हो इलेक्ट्रिसिटी का काम करने वाले, मिशन के ही एक मिस्त्री के इर्द-गिर्द चक्कर काटने लगा। आखिर में मैं एक तरह से उसका असिस्टेण्ट ही बन गया था। काम भी अच्छा ही सीख गया था। पिताजी के इंगलैण्ड चले जाने के बाद मिशन वालों द्वारा रुपयों का तगादा न करने पर भी मुझे रुपयों का अभाव खटकने लगा था। सिगरेट पीता था, पर पैसे नहीं जुटते थे। सिनेमा जा नहीं सकता था। साबुन की ज़रूरत होती तो खरीद नहीं सकता था। हारकर इलेक्ट्रिक बल्ब खोलकर, प्लग खोलकर, स्विच खोलकर बाज़ार में बेचने लगा। एक दिन अचानक पकड़ा गया। मेरी सीट के नीचे पड़े सूटकेस को फादर लोगों

ने खोलकर देखा। उसी तलाशी में उनके हाथ लगे कई सिने-साप्ताहिक, जिनमें सिनेमा-स्टारों की तस्वीरें थीं, नंगी लड़कियों की फोटो भी थीं। उनके नीचे उर्दू में गाने लिखे हुए थे, जिनका अर्थ बहुत ही गंदा था। लिखावट मेरी थी अतः ना कहने का भी उपाय नहीं था। उन सभी गंदे गानों के नीचे दस्तखत किए थे, 'आवारा' नाम से। राजकपूर की 'आवारा' फिल्म की कहानी सुनी थी, जो बहुत अच्छी लगी थी। लेकिन 'आवारा' के बाद मैंने अपना नाम भी लिखा था, 'डेविड'। उर्दू के वे अश्लील गाने भी मेरे ही तैयार किए हुए थे। उस समय उर्दू में ग़ज़ल लिखने का मुझपर नशा सवार था।

"इस घटना के बाद, मिशन के रेक्टर ने मुझसे कहा, 'तुम सारा सामान इकट्ठा कर लो।' फिर मिशन का दरवाज़ा जो बड़ी सड़क की ओर था, उसको खोलकर बोला, 'अब तुम अपनी किस्मत आज़माओ। हम अब तुम्हें रखने में असमर्थ हैं। हम लज्जित हैं कि तुम्हें अंग्रेज़ी भाषा, अंग्रेज़ी संस्कृति अच्छी नहीं लगी।'

"मैं डरा नहीं। बाहर चला आया। मैंने तय कर लिया था कि मैं बिजली-मिस्त्री का काम करके ही पेट भर लूंगा। उसके अलावा गाना तो आता ही था। गायक के रूप में नाम हो जाए तो फिर कहना ही क्या ! अगर किसी तरह मेरे दो-चार गाने रिकार्ड हो जाएं तो..बस...।"

उसने एक लम्बी सांस भरी।

ऑफिसर ने कहा, "ठहरो !"

इस बार उसने ऑफिसर की ओर देखा। ऑफिसर टेप-रिकार्डर के खत्म हो गए रील के चक्के को खोलकर उसमें नया टेप लगा रहा था। उसे इस बात का अब ज्ञान हुआ। ऑफिसर ने कब टेपरिकार्डर का माइक्रोफोन टेबल पर रख दिया था, उसे पता ही नहीं चला। ज़रा-सा हंसकर उसने सिर्फ इतना कहा, "ओह, तुमने मुझपर विश्वास नहीं किया !"

एक लम्बी आह भरकर फिर बोला, "आइ ऐम नाट ए स्पाई—मैं जासूस नहीं हूं। जासूसी मेरे मतानुसार पाप है, इट इज़ ए सिन।"

ऑफिसर ने कहा, "लेकिन इस बात को लेकर अभी तक हमने तुम्हें कोई सज़ा तो दी नहीं।"

उसने पूछा, "क्या कहा आपने ?"

ऑफिसर ने जवाब दिया, "जासूस समझकर हमने तुम्हें इस बीच कोई सज़ा तो दी नहीं। क्या हमने तुमको किसी तरह से सताया ?"

उसने कहा, "नहीं, यह मैं कैसे कह सकता हूं !"

ऑफिसर ने कहा, "पर हमारे भी तो कुछ कर्तव्य हैं, कुछ कानून हैं, कुछ नियम हैं।"

उसने गर्दन हिलाकर स्वीकार किया। अस्फुट स्वर में बोला भी, "हां, वह तो हैं।"

ऑफिसर ने कहा, "बैठो, उस स्टूल पर बैठ जाओ।"

बगल की खाली कुर्सियों की ओर एक नज़र डालकर आखिर वह स्टूल पर ही बैठ गया। ऑफिसर ने कहा, "बोलो, उसके बाद की बात बताओ।"

"मैं सिगरेट पी सकता हूं ?"

"अवश्य। वह देखो, तुम्हारी ही सिगरेट पड़ी हैं।"

एक सिगरेट सुलगाकर थोड़ा-सा धुआं छोड़ा उसने। उसके बाद एक लम्बी सांस छोड़ी। बोला, "कुछ साधारण-से औज़ार हाथ में ले मैं कराची की सड़कों पर निकल पड़ा। डर तो मुझे था नहीं। डरने जैसा मेरे मन का निर्माण नहीं हुआ था। मेरा बाप कभी मुझपर दयालु नहीं रहा। मेरी मां एक अजीब किस्म की औरत थी। बात-बात में वह रोना शुरू कर देती। मेरा बाप अगर अधिक शराब पीता तो रोती, अस्पताल से आकर रोगियों की बात सोचकर रोती। मेरा पिता कोई कड़ी बात कह देता तो रोती। दु:ख की एक-एक तस्वीर देखकर वह तीन-चार दिन तक रोती। लम्बी आहें भरती। और मुझे लेकर तो हर वक्त का रोना था ही। मैं बिगड़ा जा रहा था, उसके लिए भी वह रोती रहती। मैं गुस्सा करता तब भी मां रोती।। वह बड़ी ही विचित्र थी। मैं उसे कभी भी समझ नहीं पाया। इसके अलावा, कभी भी मैंने उसे पसंद नहीं किया। उसके पास रहने पर मेरे प्राण हांफ उठते थे।"

एक ठंडी आह भरकर उसने सिगरेट का लम्बा कश खींचा।

ऑफिसर ने कहा, "तुम कड़े हृदय के आदमी हो। अब तुम आगे अपनी बात कहे चलो।"

"हां, वही बता रहा हूं। हिम्मत करके मैं सड़क पर निकल पड़ा था। स्क्रू-

ड्राइवर, टेस्टर और कुछ रिन्च वगैरह लेकर 'इलेक्ट्रोमैकेनिक्स' नामक एक दुकान के सामने बैठा रहता। कुछ बिजली-मिस्त्रियों के साथ भी मेरी बातचीत हुई। मैं काम जानता था, काम को बहुत ही मन लगाकर मेहनत से करता था। इसके अलावा, मेरे जीवन में एक मूलधन और भी था। मैं गज़ल अच्छी गाता था और स्वयं ही उर्दू गज़लें तैयार किया करता था। ये कुछ ऐसी बातें थीं जिनसे मैं मिस्त्री-वर्ग के लोगों में प्रिय हो उठा। मेरी इन बातों के साथ वे मुझे भी पसन्द करने लगे। मैं उनमें हिलमिल गया। चेहरे से मेरी पश्चिम पाकिस्तान के लोगों से समानता थी। शरीर का रंग, आंखों की गढ़न तथा बालों के रंग की समानता के अलावा लम्बाई में भी मैं उस देश के लोगों के समान था। इसके अलावा, मिज़ाज में भी उन लोगों से मैं बहुत मिलता था। लेकिन पता नहीं कैसे बीच-बीच में मेरी मां का भीगा-भीगा-सा, ठंडा-ठंडा-सा मन मुझपर हावी हो जाता।"

ऑफिसर ने कहा, "इतना बढ़ाकर मत बोलो। सिर्फ फैक्ट्स (तथ्य) कहो।"

उसने कहा, "मिस्टर ऑफिसर, मैं भी फैक्ट्स ही बताने की कोशिश कर रहा हूं। उस समय की घटनाओं को बताने बैठ जाऊं, तो मेरी बातें कभी खत्म ही नहीं होंगी। मैं बताना यह चाहता हूं कि बहुत थोड़े-से दिनों में ही मैं उस देश का एक व्यक्ति बन बैठा। उनकी भाषा उनकी ही तरह बोलता। उनके गीत उनकी ही तरह गाता। मेरे कुछ गाने रिकार्ड भी हुए थे, लेकिन दुर्भाग्य, वे लोगों ने पसन्द नहीं किए। उनको गाने के लिए मैंने अपना एक मुस्लिम नाम भी रखा था, क्योंकि एक एंग्लो-इंडियन के उर्दू गाने शायद कोई पसन्द न करे। मैं एक बूढ़े के पास रहा करता था। उसके मृत लड़के का नाम था मंसूर। उसीने दिया था मुझे यह नाम।"

"आई सी...क्या नाम बताया ?"

"मंसूर !"

पाकिस्तान में तुम्हारे गानों के रिकार्ड एच० एम० वी० ने तैयार किए थे ?"

"हां, ढूंढ़कर देख सकते हैं।"

"उसके बाद की बात बताओ।"

"गाने से कुछ नहीं हुआ, लेकिन इलेक्ट्रिक के काम ने मेरा रास्ता खोल

दिया। दो साल में ही इलेक्ट्रिकल इंजीनियरिंग सम्बन्धी सेकण्ड-हैण्ड किताबें पढ़कर मैंने परीक्षा दी और एक डिग्री भी हासिल कर ली। काम उस वक्त चारों तरफ था। पाकिस्तान नया बना स्वाधीन देश था। दुनिया में उसकी खातिर भी बहुत थी। कायदेआज़म जिन्ना साहब के नाम से सारी दुनिया टोपी उतारकर सिर झुकाती थी। इंगलैण्ड, अमेरिका से लेकर सभी देश उसे रुपये भेज रहे थे, गेहूं भेज रहे थे, कल-कारखानों के सामान भेज रहे थे। एक गरीब देश है अतः उसका नये सिरे से निर्माण करना था। नया ज़माना, नई ज़िन्दगी, नया मुल्क, जिसका नाम था—पाकिस्तान। बड़े-बड़े पुराने शहरों को तोड़-फोड़कर नये और माडर्न शहर तैयार किए जा रहे थे। दस-दस, बीस-बीस तल्ले के मकान बन रहे थे। बड़े-बड़े एरोड्रोम बन रहे थे। साल की साल नई-नई किस्म के हवाई जहाज़ आकर उतरते उन ऐरोड्रोमों पर। कल-कारखाने बैठाए जा रहे थे। पाट की मिलें, लोहे के कारखाने, इनके अलावा और भी तरह-तरह के हज़ारों कारखाने तैयार हो रहे थे, जिनके मालिक थे खान साहब लोग—कोई नवाबज़ादा, तो कोई पीरज़ादा, तो कोई जागीरदार। रेडियो पर गाने चलते, क्लबों में नृत्य होते। बड़ी-बड़ी कांफ्रेन्सें होतीं। उधर नवाबज़ादों तथा पीरज़ादों के घरों पर बाईजी—तवायफों के नाच होते। जलसा-जुलूसों की कमी नहीं थी। लाहौर से कराची तक खूब चौड़ी सड़क तैयार की गई, जिसपर बड़ी-बड़ी इम्पोर्टेड कारों में बैठकर अमीर लोग शान से चलते; दिन-भर कारखानों और दफ्तरों में गुज़ारकर शाम को नाच-गानों की महफिलों का मज़ा लेने अपने-अपने दौलतखानों को लौटते। कारखानों की ओपनिंग हो रही थी। बड़े-बड़े रिसेप्शन दिए जा रहे थे। वहां लाइट का प्रबन्ध करना पड़ता। माइक लगाए जाते। मैं मिस्त्री बन, पूरे पश्चिम पाकिस्तान में घूमता फिर रहा था। कराची से लाहौर तक। पूरे पाकिस्तान में इलेक्ट्रिक बिछा देने का काम शुरू हो गया था। एक बड़ी इंजीनियर्स फर्म में नौ साल तक काम किया मैंने। सन् 1953 से 1962 तक। पूरे नौ साल काम किया। अपना धर्म भूला, अंग्रेज़ी भाषा भूला, यहां तक कि नाम तक भुला दिया अपना। भुला नहीं दिया, बदल दिया। खुद ही इच्छा से बदल दिया।

"मैं था आर्मस्ट्रांग, और बन गया मंसूर अली। कम्पनी के खाते में भी मेरा

वही नाम लिखा गया तथा मैं भी उसी नाम से अरबी हरफों में दस्तखत करने लगा। नौकरी के खाते में उसी नाम से दस्तखत किया मैंने। उर्दू में ही रिपोर्ट भी भेजता कम्पनी को। मैं पश्चिम पाकिस्तानी बन जाना चाहता था। आठ साल तक यही कोशिश करता रहा। उसके बाद हठात् सब बदल गया। मैं पश्चिम पाकिस्तान से पूर्व पाकिस्तान चला आया। यहां आकर फिर से मेरा सब कुछ बदल गया। मुझे कहना चाहिए कि मैं दोबारा पैदा हुआ था। हां, यह पुनर्जन्म ही तो था। पूर्व पाकिस्तान में आकर मैं बिलकुल उसी देश का व्यक्ति बन गया।"

ऑफिसर ने बीच में ही टोककर कहा, "मिस्टर आर्मस्ट्रांग या मंसूर, क्या कहूं तुम्हें ?"

"जैसी आपकी इच्छा, व्हिच एवर यू लाइक। मैं आर्मस्ट्रांग भी हूं तथा मंसूर भी हूं।"

"अच्छी बात है। तुम उस देश में जाकर उस देश के व्यक्ति हो गए थे, फिर इस देश में आकर इस देश के ही एक व्यक्ति बन गए, इससे तुम्हारा मतलब क्या है ?"

हंसकर मंसूर ने कहा, "मतलब मैं ठीक नहीं बता सकता। मैं घटना बताता हूं। एक तथ्य। एक दिन, सुबह मुझे लगा कि मैं एक बंगाली—पूर्व पाकिस्तानी हूं। बंगाल के पानी, धूप, हवा में मेरा रंग जल-भुनकर तांबई होने लगा। मुझे दाल-भात और हरी मिर्च बहुत स्वादिष्ट लगने लगे। बंगला बोली सीख गया मैं, भटियाली गाना सीखा, बांस की बंसी और दोतारा बजाना सीखा। शीशे में अपना चेहरा देखा, तो शेख मुजीबुर रहमान के साथ ऐसा साम्य दिखाई पड़ा कि मैं खुद ही चकित हो गया। मुझे लगा कि हम दोनों चाचा-ताऊ के लड़के हैं। ज़फरुल्ला खां ने बहुत ही नाराज़ होकर मुझसे कहा, 'यह तुम क्या कर रहे हो ? तुम्हारा क्या इरादा है ?' मैंने..."

"हूं, हूं, रुकिए, कृपया रुकिए !" इंस्पेक्टर ने बीच में ही टोककर कहा।

उस व्यक्ति ने चेहरा उठाकर जिज्ञासु नज़रों से इंस्पेक्टर की ओर देखा, और फिर पूछा, "येस सर !"

"यह ज़फरुल्ला खां कौन है ?"

"माफ कीजिएगा, मैंने आपको ज़फरुल्ला के बारे में नहीं बताया था ?

आपको उसका नाम बताना मैं भूल गया था ?"

"हां, कौन था ज़फरुल्ला खां ?"

"ज़फरुल्ला खां लाहौर के एक अमीर खानदान का जवान लड़का था। रईस आदमी, बहुत बड़ा दिल, बाईजी के कोठों पर मुट्ठी भर भर नोट उड़ा दिया करता। शराब पीता, शिकार खेलता। विदेश से क्रिकेट की टीम आने पर मैच देखने कराची जाता, कभी लाहौर आता, तो कभी रावलपिण्डी जाता। मेरे साथ उसकी जान-पहचान और दोस्ती बस वैसे ही हो गई थी जिसे हम 'बाई चांस' कहते हैं। जिस कम्पनी में मैं नौकरी करता था उसी कम्पनी में वह ऑफिसर था। लाहौर और पिण्डी की सड़कों के किनारे इलेक्ट्रिक लाइन का काम चल रहा था। वहीं एक तम्बू गाड़कर, माल-असबाब मंगवाकर, मैं ड्यूटी पर था। एक दिन बहुत रात गए मैं सिगरेट पी रहा था और गज़ल गा रहा था कि ज़फर साहब की कार आकर रुकी। मैं सोच भी नहीं सकता था कि हमारी कम्पनी का ही कोई ऑफिसर होगा। मैं अपनी धुन में बस गाए जा रहा था। ज़फर साहब को वह गज़ल पसन्द आई और मेरी ओर उनका झुकाव हुआ।

"उस रात उन्होंने मेरे यहां ही मुकाम किया। सारी रात गाने-बजाने और खाने-पीने में ही बीत गई। सुबह जाते समय बोले, 'किसी दिन अपने गरीबखाने पर तुम्हें पाकर मुझे बेहद खुशी होगी।' हमारी वही दोस्ती पूर्व पाकिस्तान आकर और अधिक पक्की हो गई। सन् 1960 में जनरल अय्यूब खां ने पूरे पाकिस्तान में फौजी शासन कायम कर लिया था। समूचे इंडियन बार्डर के पास-पास मज़बूत मिलिट्री चौकियां तैयार की जा रही थीं। पाकिस्तान-कश्मीर बार्डर पर भी ज़ोरों की तैयारी चल रही थी। उसी समय पूर्व पाकिस्तान से लगे हिन्दुस्तान के बार्डर पर भी फौजी चौकियां तैयार करने का काम शुरू हो गया। ज़फरुल्ला ने तय किया कि वह अपनी कम्पनी खोल, ठेके पर काम ले, पूर्व पाकिस्तान जाएगा। मुझसे बोला, 'मंसूर, तू भी चल। चलेगा ?'

" 'पूर्व पाकिस्तान ?'

" 'हां, बहुत ऐशो-आराम का देश है। मज़े लूटने का मुल्क है।'

" 'ऐशो-आराम का देश ? मज़े लूटने का मुल्क ? लेकिन मैंने तो सुना है, वहां नदियां ही नदियां हैं, तालाब ही तालाब हैं। और हैं सांप, बाघ, बिच्छू आदि खतरनाक जानवर। नदियों में झुण्ड के झुण्ड मगरमच्छ तैरते रहते हैं। यही नहीं,

हज़ारों किस्म की बीमारियों का भी देश है, गरीबी का देश है।'

" 'होगा औरों के लिए, लेकिन तेरी तकदीर बदल जाएगी। नसीब खुल जाएगा। चलना। बाघ एवं सांपों का डर मत कर, वे शहरों में नहीं होते। और रही बात नदी में मगरमच्छ रहने की, सो हम तो लांच और स्टीमर में घूमेंगे। हम शहरों में रहेंगे। प्रेसीडेण्ट का हुक्म हुआ है कि शहरों को फिर से सजाओ। अब उसे गरीबों का देश मत कहो। धन तो उस देश में बेहिसाब है। मेरी जान-पहचान के मिर्ज़ा नादिर हुसेन और सैयद याकूबअली खां वहां जाकर व्यापार में लाखों रुपये कमाकर वापस आए हैं। उनके बहुत बड़े-बड़े बिज़नेस चल रहे हैं वहां। खाली हाथ वहां जाकर एक साल बीतते न बीतते तुम ज़रूरत से ज़्यादा कमा सकते हो। वहां की सरकार में जो बड़े-बड़े ऑफिसर हैं वे सब यहां के ही तो हैं। जो लोग यहां से जाते हैं उन्हें वहां फौरन मदद दी जाती है।"

वह थोड़ा रुका। शायद वह ज़माना और उसका आकर्षण अतीत से उठकर उसके सामने आ खड़ा हुआ था, और वह उसीकी ओर देख रहा था। एक सिगरेट सुलगाकर, कई कश लेकर, वह बोला, "मुझे उस दिन कलकत्ते की याद आई थी। तालतल्ला की गली, कारपोरेशन स्ट्रीट, हम लोगों का एंग्लो-इंडियन मोहल्ला, रिपन स्ट्रीट, ईलियट रोड आदि सबकी याद आई थी। हम ऐंग्लोइंडियन लोग बंगाली बाबुओं को अच्छी नज़र से नहीं देखते थे। उन्हें हम अपना दुश्मन समझते थे।

"हां, तो मैं कह रहा था, ज़फरुल्ला खां की बात। वह पूर्व पाकिस्तान के बारे में बोले ही जा रहा था, 'प्रेसीडेण्ट जनरल अय्यूब खां ने पूरे देश को बहुत मज़बूत मुट्ठी में पकड़ा है। उस देश के लीडरों को ज़बर्दस्ती दबा रखा है। एक ओर चीन से दोस्ती बढ़ाई है, तो दूसरी ओर अमेरिका-इंगलैंड से। चीनी लोग उस देश में झुण्ड के झुण्ड आते हैं तथा शहरों में चारों ओर फैल जाते हैं। बिज़नेस खोलते हैं अपना। हमारे दुश्मन हिन्दुस्तान से उनका भी शीत-युद्ध चल रहा है। यही समय है इस मौके से लाभ उठाने का। ढेरों मिलिट्री कंट्राक्ट मिलेंगे। सेक्रेटेरियट में मेरी जान-पहचान के लोग हैं। तू चल मेरे साथ। वर्किंग पार्टनर की हैसियत से चल।'

"अकेला ज़फरुल्ला ही नहीं, बल्कि पश्चिम पाकिस्तान के अनेक मौकापरस्त झुण्ड के झुण्ड गए थे पूर्व पाकिस्तान में।

"मैं ज़फरुल्ला के साथ नहीं गया। मैं गया दो-एक महीने बाद। पूर्व पाकिस्तान राइफल के लिए उन दिनों अनेक मिलिट्री ट्रक, लारी, वायरलेस वान आदि भेजी जा रही थीं। चारों ओर यही चर्चा थी कि हिन्दुस्तान के साथ किसी भी क्षण लड़ाई छिड़ सकती है। उसीकी ज़ोरों से तैयारियां चल रही थीं। मैं भी इसी तरह की एक वायरलेस वान के साथ पूर्व पाकिस्तान गया था। वहां पहुंचकर उन्हें चालू करने के बाद छुट्टी। रुपयों की राशि लोभनीय थी।

"कराची से प्लेन द्वारा चटगांव आया। वहां बन्दरगाह पर अमेरिकन जहाज़ आया हुआ था। जहाज़ में युद्ध का सामान भरा हुआ था। वहां से अलग-अलग हिस्सों में बंटकर यह सारा माल गया ढाका, जैसोर, राजशाही, रंगपुर, कुमिल्ला आदि फौजी छावनियों को। इनके अलावा और भी बहुत-सी जगह माल भेजा जाएगा। मैं इन सब स्थानों पर घूमा। इसी तरह आठ महीने बीत गए। उन आठ महीनों में मैं कब और कैसे पूर्व बंगाल का ही एक व्यक्ति बन बैठा, यह आज तक मेरी समझ में नहीं आया। मैं महसूस तक नहीं कर सका। मुझे पता ही नहीं चला कि मैं बदल रहा हूं। आज भी मैं नहीं बता सकता कि यह कैसे घटित हुआ ! यह कैसे संभव हुआ !"

थोड़ी देर रुककर एवं कुछ सोचने के बाद उसने कहा, "चटगांव में अधिक दिन नहीं रहा मैं। ढाका चला आया। जब मैं पहली बार ढाका शहर की लम्बी-चौड़ी सड़क पर निकला तो चकित रह गया। राहचलते लोगों के कलरव में मानो कलकत्ते की परिचित बोली का अहसास हुआ मुझे। मैंने पाया कि मैं उनकी सारी बातें समझता हूं। ढाका रेडियो का देहाती-कार्यक्रम तो मुझे इतना अच्छा लगा कि क्या बताऊं। रेडियो पर एक स्त्री-पुरुष के झगड़े का प्रोग्राम सुनकर तो मैं मुग्ध हो जाता। सदर रास्ते और दुकानों पर रेडियो और ग्रामोफोन रिकार्ड बजते, मैं खड़ा-खड़ा सुनता रहता। उनकी आवाज़ में अपनी आवाज़ मिलाता रहता। गज़ल का मैं बहुत भक्त था। सच पूछा जाए तो गज़ल के आकर्षण से ही मैंने उर्दू भाषा सीखी थी। यहां आकर भटियाली गाने सुने तो उनका नशा मुझपर सवार हो गया। गाने का

मुझे शौक था, गला भी था ही, इसलिए राग सीखने में मुझे देर नहीं लगी। भाषा सीखने में भी देर नहीं लगी। कोथाय जाबे ? (कहां जाएंगे ?) और कने जाबे? (कहां जाएंगे?) में फर्क ही कितना-सा था ! और इस सामान्य फर्क को समझ लेने में देर ही कितनी लगती ! फिर भी शुरू-शुरू में उन लोगों की आपस की बातचीत सुनकर मैं चक्कर में पड़ जाता। समझने में कुछ-कुछ मुश्किल होती, लेकिन उनके गाने की भाषा सीखने में मुझे कोई कठिनाई नहीं हुई। भटियाली स्वर में नशा है। उसके गाने में भी नशा है।

"पहला गाना मैंने एक फकीर से सीखा था। पूर्व पाकिस्तान पहुंचने के दो महीने बाद एक दिन एक बड़ा साइक्लोन आया। पूर्व पाकिस्तान में अक्सर ही तूफान आता है। वर्षा, तूफान एवं बाढ़ के साथ उस देश के आसमान और ज़मीन का एक निराला ही सम्बन्ध है। आंधी-तूफान आकर वहां सब तहस-नहस कर जाते हैं। उस बार भी ऐसा ही हुआ था। घरों के दरवाज़े उड़ गए, पेड़ जड़ सहित उखड़ गए, मोटी-मोटी शाखें चरमराकर टूटकर गिर गईं। मनुष्य भी कम नहीं मरे। उसीके साथ इलेक्ट्रिक तारों के पोस्ट उखड़ गए। टेलीग्राफ एवं टेलीफोन के तार टूट गए। बाढ़ से कई दिनों तक गांव के गांव डूबे रहे। इसलिए आर्मी के लोगों की बुलाहट हुई। मैं आर्मी का आदमी नहीं था, पर उनके यहां ठेके पर काम कर रहा था, अतः उन्होंने मुझे भी बुला भेजा। एक दिन नदी किनारे के एक इलेक्ट्रिक-पोस्ट को दुबारा खड़ाकर, बिजली-लाइन की मरम्मत कर रहा था कि देखा, एक फकीर घाट पर पेड़ के नीचे बनी पान-बीड़ी, मुड़ी-पकौड़ी आदि की दुकान पर बैठा 'मुश्किल आसान कर पीर ! पीर गाजी !' गा रहा था। उस फकीर की आवाज़ बहुत ही मधुर लगी मुझे।

"बहुत ही अच्छा लगा वह गाना। मैं काम छोड़कर उसके पास गया और उससे बात की मैंने पूछा, 'मुझे यह गाना सिखा देंगे ?'

"मेरा रंग तब तक इतना काला नहीं हुआ था। पूर्व पाकिस्तान की बंगला भाषा भी मैं तब तक एक बंगाली की भांति नहीं बोल सकता था, कलकत्ता में सीखी बंगला का अभ्यास छूटा नहीं था। इसके अलावा, पश्चिम पाकिस्तानी उर्दू की भी कुछ ऐसी आदत पड़ी हुई थी कि बंगला में बातें करते ही पकड़ा जाता कि यह आदमी उर्दू बोलने वाले मुल्क का है।

"शायद इसीलिए फकीर भी आश्चर्यचकित हो गया और मुझसे बोला, 'आप हमारे देश की बंगला भाषा के गाने सीखेंगे ?'

"मैंने कहा, 'हां।'

" 'आप तो बंगला बोल भी अच्छी ही रहे हैं !'

" 'हां, मैं बंगला बोल सकता हूं। अब आप मुझे गाना सिखाइए।'

"बंगला गाना सीखने का मेरा वह पहला अवसर था। कुछ दिनों बाद गाने की धुन तो मुझे याद रह गईं, पर गाने के बोल भूला गया। बस यही कुछ लाइनें याद रह गई। दूसरा गाना स्टीमर के डेक पर सीखा था। मिलिट्री के हुक्म से ही खुलना से बारिसाल जा रहा था। डेक पर लड़कों का एक दल बैठा था। देखने में लड़के बंगाली घर के ही दीख रहे थे, क्योंकि उनके दाढ़ी-मूंछ सफाचट थे तथा चेहरे भी बहुत ही आकर्षक थे। उन लोगों ने डेक पर ही अपनी महफिल जमा रखी थी तथा हारमोनियम, बांस की बंशी आदि के साथ बहुत ही जमकर गाने-वाने हो रहे थे। मैं भी उनके पास एक बगल में बैठ गया। मुझे बहुत ही मधुर लगा उनका गाना। ऐसा महसूस हो रहा था मानो सचमुच ही कोई कन्या नदी के किसी तट पर खड़ी गा रही हो, और उसी कन्या से सीखकर ये लड़के अब गा रहे हैं। गाना मुझे अब भी याद है :

"मैं रो-रोकर अंधी हो गई,
रे मेरे प्रियतम !
तेरे लिए रे, प्रियतम तेरे लिए !
मेरे आंसुओं से नदी में बाढ़ आ गई है।
माघ के बादल-ढके आकाश को देख मोर का मन टीस उठा रे,
हाय-हाय करता है वह, रे करे हाय-हाय;
प्राणों को बांधना चाहूं रे, बांधे नहीं जायं।
मैं तो टूट गई रे पिय, मैं टूट गई प्रियतम तेरे कारण !

"मैंने उस गाने से उर्दू गज़ल का ताल-मेल बैठा लिया। उनके आग्रह पर मिर्ज़ा गालिब की गज़ल गाई थी मैंने। उनके दल के गायक लड़के ने गालिब की गज़ल लिख ली और मैंने लिख लिया था प्रियतम वाला उक्त गाना। अरबी हरफों में लिखा था मैंने। मेरी लिखावट देखकर उन्होंने कहा, 'बंगला

बोल तो लेते हैं आप ठीक-ठाक ही, फिर लिखना-पढ़ना भी क्यों नहीं सीख लेते ?'

"उस यात्रा में स्टीमर से उतरते ही मैंने बारिसाल में दो किताबें खरीदीं। वे किताबें थीं वर्ण-परिचय और हस्तलिपि-शिक्षा की। डॉट पेन तथा फाउंटेन पेन मेरे पास था ही। कुछ एक्सरसाइज़ बुक्स भी खरीदीं मैंने। और उस शाम को, अट्ठाईस साल की उम्र में, मैंने बंगला की अ आ इ ई सीखना शुरू किया।

"कुछ दिनों बाद मेरी नौकरी छूट गई।

"यों तो मेरी पक्की नौकरी नहीं थी वह। चूंकि काम अच्छा जानता था इसलिए कंट्राक्ट बेसिस पर काम प्रायः रोज़ ही मिल जाया करता था। वह भी चला गया। कारण बहुत तुच्छ-सा था। अलग-अलग पार्ट्स खरीदकर उन्हें एसेम्बल (जोड़) कर मैंने पल्टन के दो-चार लोगों को ट्रांज़िस्टर रेडियो तैयार करके दिए थे। अपने लिए भी एक छोटा ट्रांज़िस्टर तैयार किया था, जिसे पॉकेट में रखा जा सकता था। वह ट्रांज़िस्टर एक कैप्टेन ने मेरे हाथ से छीन लिया और मुझे ई० पी० आर० बैरक से भगा दिया।

"एक बार तो मेरी इच्छा हुई कि इन सभी देशों को छोड़कर चला जाऊं यानी पूर्व पाकिस्तान, पश्चिम पाकिस्तान और भारत सबको छोड़कर चला जाऊं इंगलैंड, दक्षिण अफ्रीका, आस्ट्रेलिया या अन्य कहीं भी। लेकिन गया नहीं। वह देश मुझे बहुत ही अपना-अपना-सा लगने लगा था। छोटे-छोटे सिर वाले, छोटे कद के, शांत-शिष्ट वहां के स्त्री-पुरुष, देखने में अवश्य कुछ काले, फिर भी कितने सुन्दर ! कच्चे-कच्चे पत्तों वाले छोटे-छोटे वृक्षों की तरह। जिन्होंने पढ़ना-लिखना सीख लिया, वे इस्पात की छुरी की तरह तेज़ एवं सान चढ़ाए हुए से लगते। साधारण मनुष्य तो और भी आश्चर्यजनक हैं। मांझी, किसान, कुम्हार, बढ़ई वगैरह जनसाधारण उन पेड़ों की तरह लगते जो दूसरों को छाया देते हैं, जिनकी शाखाओं में फल-फूल खिलते हैं और आंधी-तूफान में उन्हींकी दुर्दशा देखने को मिलती है। ओह, किस बुरी तरह से वे लोग जीवन में संघर्ष करते हैं। मुझे बहुत अच्छे लगते थे वे लोग। ढाका रेडियो के ग्रामीण अंचल के गाने सुने बिना मेरा एक दिन भी मुश्किल से ही गुज़रता। मैं उनके बीच ही रहने लगा। वही पुराना काम, रेडियो एवं ट्रांज़िस्टर

तैयार करके बेचने का धंधा करते हुए रहने लगा। पश्चिम पाकिस्तान में मेरा कोई नहीं था, यहां भी कोई नहीं था; लेकिन फिर भी 47 से 62 तक मैं पश्चिम पाकिस्तान में रहा था। पूरे पन्द्रह वर्ष ! यहां आए मुझे मात्र दो साल हुए थे, फिर भी मैंने महसूस किया कि एक उर्दू की गज़ल को खो देने के अलावा मुझे और अफसोस नहीं था। रुपये-पैसों की दृष्टि से भी मैं घाटे में नहीं था। मेरे बनाए रेडियो तथा ट्रांज़िस्टर अच्छी कीमत पर बिक जाते। मेरे पास कुछ रुपये थे जिनसे मैंने ढाका में एक दुकान खोल ली। रेडियो और ट्रांज़िस्टर के साथ-साथ ग्रामोफोन तथा रिकार्ड भी थे दुकान में। माइक्रोफोन भी किराये पर दिए जाते थे। मीटिंग में, कल्चरल फंक्शन में माइक किराये पर देता। देता सस्ते में ही। काज़ी नज़रुल एवं रवीन्द्रनाथ के गाने सुनकर इच्छा हुई कि ये गाने मैं भी सीखूं। और सीखने का संयोग भी मिल गया मुझे। एक बंगाली हिन्दू लड़की से मैं प्यार कर बैठा। लड़की ने एक फंक्शन में नज़रुल का एक गाना गाया था। मैं माइक लेकर गया था। बहुत अच्छा तो नहीं, फिर भी लड़की ने गाना काफी अच्छा ही गाया था। पर लड़की मुझे केवल गाने के लिए ही अच्छी नहीं लगी थी, बल्कि उसका दूसरा ही कारण था। मुझे उसका चेहरा बहुत परिचित-सा लगा। कच्चे पत्तों की तरह रंग, बड़ी-बड़ी आंखें तथा ये लम्बे बाल ! कुछ दिनों बाद एक दिन मैंने देखा कि वह मेरी दुकान के सामने खड़ी गाना सुन रही है। एक गज़ल का रिकार्ड बजा रहा था मैं। मैंने उसे बहुत ही इज़्ज़त के साथ अपनी दुकान में बैठाकर गाने सुनवाए। उसने कुछ बंगला रिकार्ड सुनने चाहे, पर वे मेरे पास थे नहीं। मैंने कहा, 'कल आइएगा। मैं लाकर रखूंगा।' उस दिन उसकी ओर देखते-देखते मैंने गौर किया कि उसका चेहरा मेरे ननिहाल के घर की लड़कियों से, मेरे मामा के घर की लड़कियों से बहुत मिलता था। उसके बाद तो उसके प्रति मेरा प्यार और मज़बूत हो गया।

"कुछ महीनों बाद हमने शादी कर ली।

"छाया। हां, उस लड़की का नाम छाया था। एक दंगे में उसका बाप मर गया था। मिशनरी लोगों के आश्रय में किसी तरह ले-देकर उसने पढ़ाई खत्म की। उसके बाद एक प्राइमरी स्कूल में पढ़ाने लगी तथा प्राइवेट ट्यूशन भी करती। गाने की उसे सनक थी। फंक्शन में बिना साज़ के गाती थी। मुझे

उससे प्यार हो गया और उसे भी मुझसे।

"मैं बंगला बोलता था। वह मेरी गलतियों को ठीक कर देती थी। मुझे उसने बंगला गाना सिखाया। उर्दू ग़ज़ल पर मेरा अधिकार था ही। नज़रुल इस्लाम साहब के गाने एक बार सुनकर ही गा सकता था। छाया ने मुझे रवीन्द्रनाथ के गीत सिखाए थे। छाया ने गायकों का एक दल तैयार किया था, जिसका नाम रखा था 'झंकार'। फंक्शनों में मैं छाया के साथ जाता और उसकी आवाज़ में अपनी आवाज़ मिलाता। कोरस में मेरे भारी गले का इफेक्ट (असर) बहुत ही अच्छा आता था।

"लेकिन इन बातों का तो अन्त नहीं है, अतः इन्हें छोड़ देना ही उचित है।

"तो छाया ने मुझे बंगला गाना सिखाया, बंगला भाषा सिखाई। बंगाल से प्रेम करना सिखाया। कलकत्ता मेरा जन्म-स्थान है। उसको अंग्रेज़ों ने बनाया है। कलकत्ता वाला बंगला देश तो ठीक ही है; लेकिन पूर्व पाकिस्तान में भी वैसा ही बंगला देश है। इस पार का बंगाल और उस पार का बंगाल।

"ये सभी बातें मुझे छाया सिखाया करती। वही बताती रहती थी यह सब।

"मेरी वहऐंग्लो-इंडियन भावना किस प्रकार कोयले से घिसकर धोई साफ-सुथरी स्लेट के समान हो गई, यह मैं बता नहीं सकता। फिर भी हुआ ऐसा ही।"

"वेट," ऑफिसर ने कहा, "वेट (रुकिए)। आप ज़रा-सा रुक जाइए।"

"जी !"

"थोड़ी देर।"

"ठहरूं ?"

"हां।"

"कहिए।"

"जाइए। देखिए, लड़की क्या कहना चाहती है ?"

"चौंककर उठ खड़ा हुआ वह व्यक्ति।

कमरा उस तरफ है। ऑफिसर के कमरे के सामने वाला। बीच के दरवाज़े से उसका आधे से अधिक भाग दिखाई पड़ता था। इस व्यक्ति के साथ एक आश्चर्यजनक रूप से काली लड़की थी। लड़की अस्वस्थ थी। बुखार के मारे

वह बेहोश जैसी हो रही थी। उन दोनों को थाने में लाने के बाद, ऑफिसर ने उस सामने वाले कमरे में एक चादर बिछाकर उसपर लड़की को सुला दिया था। बेसुधी में इधर-उधर करवट बदलती हुई वह बिलकुल दरवाज़े के सामने तक खिसक आई थी।

फर्श पर वह चित लेटी है। दोनों हाथ दोनों ओर फैले पड़े हैं। सिर के रूखे बाल खुलकर उसके मुंह पर चारों ओर छितरा गए हैं। साड़ी खुल गई है, सिर्फ साये तथा ब्लाउज़ से उसका बदन किसी प्रकार ढका हुआ है। पर उसका ब्लाउज़ भी फटा हुआ है। उस फटे अंश से लड़की का एक स्तन दिखाई पड़ रहा है। पूर्ण-युवती जननी का थोड़ा-सा झुका हुआ एक स्वस्थ स्तन। स्तन के बीच की घुंडी के मुंह से दूध की कुछ बूंदें निकल-निकलकर अपने-आप ढुलक रही हैं। उसका फटा ब्लाउज़ चट-चट कर रहा है। ब्लाउज़ दूध से भीगता है और सूख जाता है। इसी प्रकार शायद कई बार हो चुका है। स्तन के अनावृत अंश पर झरा हुआ दूध और धूल चिपटी हुई है।

लड़की की उम्र कितनी है, यह अन्दाज लगाना मुश्किल है। छोटे कद और आकार-प्रकार वाली जाति की एक लड़की है वह। साधारण नैन-नक्श, तीखी नाक, घोर काले और पतले दो होंठ, छोटी-छोटी आंखें, घनी भौंहें, घने काले बाल। रंग इतना काला कि हाथ-पैर के तलुए तक काले दीखते हैं। बालों के नीचे की चमड़ी भी काली है।

बंगला देश में—चाहे वह पश्चिम बंग हो या पूर्व बंग—ऐसे काले मनुष्य होते हैं। लड़की बेहोश थी। अगर होश में होती और इात करती तो देखते कि दांत बहुत ही सुन्दर एवं सफेद हैं, पर मसूढ़ों का रंग तक काला है, लाल नहीं है। पर ऐसा अद्भुत काला रंग किसी-किसीका ही होता है, और इस जाति के जो अल्पसंख्यक लोग बंगाल में हैं उन्हें हम निम्न जाति के रूप में जानते हैं। यह लड़की भी उन्हीं में से एक है।

वह व्यक्ति बहुत ही परेशान-सा उस कमरे की ओर दौड़ा और लड़की के सिरहाने बैठकर उसके सिर को अपनी गोद में रख लिया। उसके बिखरे बालों पर हाथ फिराते और उन्हें संवारते हुए उसने पुकारा, "नजमा ! न जमा ! अरी ओ नजमा !"

लड़की के ललाट की चमड़ी एवं भौंहों में हरकत हुई। क्षणभर के लिए उसने आंखें खोलकर देखने की कोशिश भी की।

उस व्यक्ति ने पूछा, "प्यास लगी है क्या ? पानी पिओगी ? पानी ?"

लड़की ने इस बार आंखें खोलकर कहा, "हां। पानी।"

लड़की के सिरहाने की ओर एक बधना (पानी का बर्तन) पड़ा था। उसी बधने को उठाकर, उसकी नल लड़की के मुंह से लगाते हुए वह बोला, "ले, पी। ले नजमा, पानी पी।"

उसने पानी धीरे-धीरे लड़की के मुंह में डालना शुरू किया। लड़की बैसाख की धरती जैसी प्यासी थी। गट-गट पानी निगलने पर भी उसकी प्यास बुझ नहीं रही थी। अधीर होकर वह उठ बैठी और बधना छीनकर, अपने हाथ से उसकी नली मुंह से लगा ली। ज़रा-सा पानी ही उसके मुंह में गया होगा, फिर बधने का पानी ही खत्म हो गया। लड़की ने बधने को ठक से ज़मीन पर रखा और उकडूं-सी ज़मीन पर लोट गई। ज़मीन पर लोट-लोटकर वह बिसूरने लगी, "हाय-हाय, मुझे क्यों ले आए ? आप क्यों ले आए मुझे ? आह, आह, मेरा चांद मिट्टी तले दबा पड़ा है। मेरी छाती फटकर दूध निकला जा रहा है रे। हाय, हाय रे।"

"नजमा ! नजमा ! इस तरह मत रोओ, नजमा ! यह थाना है। हम इस पार के बंगाल में हैं। देखो, हम लोग हिन्दुस्तान में आ गए हैं। हम वापस लौट चलेंगे। फिर लौट चलेंगे री, अपने देश। तेरा चांद फिर से तेरी गोद में खेलेगा, नजमा !"

लड़की एक बार ईश्वर को पुकार उठी। अल्लाताला से उसकी एक प्रकार की हृदय-विदारक विनती है, अभियोग है, जो सीखना नहीं पड़ता, सिखाया नहीं जाता बल्कि जिसे मनुष्य जन्म के साथ ही सीखकर आता है। जब हृदय चीर देने वाला, हृदय विदीर्ण कर देने वाला दुःख मनुष्य पर टूट पड़ता है तब वह अभियोग अपने-आप निकल पड़ता है। उसके सुर अलग हैं, स्वर अलग हैं, उसकी बात ही अलग है। वही छाती फाड़ देने वाला अभियोग इस समय लड़की के हृदय से निकल रहा था। वह छत की ओर मुंह कर, दोनों हाथ ऊपर की ओर उठाकर, बोल पड़ी, "हाय अल्ला, हाय खुदा, तुमने ज़रा भी ख्याल नहीं किया अल्ला, हाय अल्ला..."

वह व्यक्ति उसके सिर और माथे पर हाथ फिरा रहा था। उसके बाद उसे बहुत ही प्यार के साथ उस मैली बिछी चादर पर सुलाते हुए बोला, "ऐसे मत करो, नजमा! इस तरह रो-रोकर तुम किसको पुकार रही हो? उसको पुकारने से क्या होगा? चुप हो जाओ। सो जाओ। अब नींद ले लो। थोड़ी देर सोने से जी अच्छा हो जाएगा।"

लड़की के मन और शरीर की थकावट का अन्त नहीं था। उस व्यक्ति की बात सुन हाथ पर सिर रखकर वह उकड़ूं लेट गई। उस व्यक्ति ने कपड़े की एक पोटली तकिये की जगह उसके सिर के नीचे लगा दी और बोला, "सिर इसपर रख लो।"

इन्स्पेक्टर ने कहा, "वह क्या है ? उसे बाहर निकालो।"

"भिक्षा की झोली है।"

"भिक्षा की झोली है ? किसकी ?"

"नजमा की।"

"नजमा की भिक्षा की झोली ?"

इन्स्पेक्टर ज़रा चकित होकर उसके चेहरे की तरफ देखता रहा। उस व्यक्ति ने भिक्षा की झोली नजमा के सिर के नीचे से निकालकर दिखाई। सचमुच वह हमारे बंगला देश की भिक्षा की झोली ही थी।

जब वह व्यक्ति लड़की को पानी पिलाने के लिए इस कमरे में आया था तब उसके साथ ही साथ ऑफिसर भी टेप-रिकार्ड के माइक्रोफोन-रिसीवर को हाथ में उठाए दरवाज़े पर आ खड़ा हुआ था। प्रत्येक बात पकड़नी पड़ेगी।

उस व्यक्ति ने कहा, "इस झोली में कुछ सेर चावल हैं। एक कागज़ के डोंगे में थोड़ा-सा नमक है, ज़रा-सा गुड़ है। और कुछ छिटपुट चीज़ें हैं।"

"बाहर निकालिए।"

वह व्यक्ति सभी चीज़ें निकालकर बाहर रखने लगा। तीन डोंगे थे। एक में नमक था, एक में गुड़ और एक में दो-एक मुट्ठी चीनी। कुछ आलू, दो-चार हरी मिर्च, थोड़े-से चिउड़ा और मूड़ी एक चिथड़े में बंधे थे। इनके अलावा, प्लास्टिक के कुछ खिलौने थे। एक गुड़िया, एक झुनझुना, एक बंशी तथा कुछ और टूटे-फूटे खिलौने भी थे उसमें। एक शिशु के नाप के दो

रंगीन कुरते बहुत ही संभालकर रखे हुए थे। एक साड़ी, एक साया तथा साये को समेटकर उसके बीच में रखी हुई थी एक किताब।

इन्स्पेक्टर ने पूछा, "यह किताब ? कैसी किताब है ?"

मंसूर ने कहा, "अंग्रेज़ी की किताब है, 'ए ट्रेज़री आफ माडर्न एशियन स्टोरीज़'।"

"आपकी है ?"

"हां।" दूसरे ही क्षण वह बोला, "नहीं, दरअसल अपनी नहीं कह सकता। पर अब तो मेरी ही है। यह ज़फरुल्ला के यहां से मिली थी मुझे। ज़फरुल्ला ने मुझे पढ़ने को दी थी, और मेरे ही पास रह गई। फेंकने का भी ध्यान नहीं रहा।"

"ज़रा देखूं।"

किताब लेकर इन्स्पेक्टर ने उलट-पुलटकर एक बार देख लिया, फिर उसे अपनी यूनिफॉर्म के बेल्ट में खोंसकर बोला, "...तब यह लड़की आपकी पत्नी नहीं है, जिसका आपने कुछ देर पहले ज़िक्र किया था ?"

उस व्यक्ति ने कहा, "नहीं। मेरी पत्नी छाया तो अरसा हुआ मर चुकी है। करीब अढ़ाई साल हो गए होंगे उसे मरे।"

"यह कौन है ? देखकर तो लगता नहीं कि आपसे इसका कोई रिश्ता हो सकता है ?"

"आप ठीक कहते हैं। नजमा अपने बाप के साथ गाना गाकर भीख मांगा करती थी। यह एक भिखारी की लड़की है। यह झोला इसीका है। यह मेरी कुछ नहीं लगती।"

"आपकी कुछ नहीं लगती ?"

"नहीं। पर मैं इसे बहुत दिनों से जानता हूं। ढाका की सड़कों पर अपने बाप के साथ भीख मांगा करती थी यह। इसका बाप अंधे के समान था। सिर्फ एक आंख से थोड़ा-बहुत दीखता था उसे। जन्म से गायक था। मोटी आवाज़ होने के बावजूद वह अच्छा गाता था। दोतारा बजाकर गाया करता। यह लड़की उस समय बहुत छोटी थी। उम्र तो होगी शायद बारह या तेरह की, पर देखने में आठ-दस साल की बच्ची-सी लगती थी। एक साया और ढीला-ढाला ब्लाउज़ पहने बाप के सुर में सुर मिलाती रहती थी।

गाने के पीछे अपने पागलपन की बात तो मैंने आपको बताई ही थी। बस उसी सनक के कारण कुछ दिन परख लेने के बाद मैंने उससे बात की थी। उसके बाप का नाम रहीम था। सख्त, मज़बूत और बड़े-से चेहरे का व्यक्ति था वह। मीठी आवाज़। लड़की तो उसकी बेटी-सी लगती ही नहीं थी। चेहरे में किसी प्रकार का साम्य नहीं था। बाद में सुना कि लड़की की मां पूर्व बंगाल के एक संपेरे की बेटी थी, जो नौका में ही घूमते रहते हैं, सांप पकड़ते हैं, जड़ी-बूटियां बेचते हैं। उन्हींकी एक लड़की को रहीम भगा लाया था। उस लड़की को रहीम से प्रेम हो गया था। नजमा उसीके पेट से जन्मी है।"

"ठहरिए ! रुकिए !"

"कहिए ?"

"तब यह किसी तरह आपसे सम्बन्धित नहीं है ? ...तो इससे आपकी भेंट अचानक राहचलते हो गई थी ? तथा आप जिसे पहचानते थे, वह ढाका की सड़कों पर भीख मांगती फिरती थी ? यही कहना चाहते हैं न आप ? फिर भी आप इसे बीमारी की हालत में कंधे पर लादकर लाए हैं...यही नहीं, पैदल भी आपको बहुत चलना पड़ा है, वह सब..."

"हां, मैंने ऐसा किया है। लेकिन एक रिश्ता था। नहीं था, यह कहना गलत होगा। ढाका में हमारे ही घर के नीचे वाले तल्ले में ये लोग एक टिन के नीचे रहते थे। इसके प्रति मुझमें एक अफेक्शन (अनुराग) था। इसका यह विचित्र काला रंग मुझे बहुत अच्छा लगता था, अतः मैं इससे अक्सर कहा करता, 'तुझ जैसी सुन्दर काली लड़की मैंने कहीं नहीं देखी है।' भिखारी की लड़की थी न, बारह-तेरह वर्ष की उम्र में ही बहुत कुछ समझने लगी थी। मेरी बात सुन यह शरमा जाती और मन्द-मन्द मुसकराती। इस मुसकराहट का अर्थ साधारण तौर पर शरमाने से कुछ अधिक था। पर मेरा दिल उसमें कोई खराब मतलब ढूंढ़ना नहीं चाहता था। मोटे तौर पर कहना उचित है कि लड़की यह समझने लगी थी कि मेरे हृदय के एक रमणीय कोने में उसके बैठने का आसन स्थापित हो चुका है। यही कारण था कि यह मुंह छिपाकर मुसकराती थी।

"एक बार की बात है, खूब घनघोर बरसात हो रही थी। भयानक साइक्लोन का माहौल था। उसी आंधी-पानी की अशुभ बेला में दोनों बाप-

बेटी मेरी दुकान के बरामदे के एक कोने में सिकुड़कर बैठे थे। मैंने कहा, 'रहीम, नजमा को भीतर ले जाकर बैठो।'

"रहीम ने कहा, 'साहब, रोटी या भात कुछ हो तो नजमा को दीजिए। उसको बहुत ज़ोर की भूख लगी है। उसने आज कुछ भी नहीं खाया है।'

"तब उन्होंने पहली बार मेरे घर में प्रवेश किया था। नजमा स्वेच्छा से ही घर के काम-काज करने लगी। सुबह उठते ही वह समूचे घर में और दुकान के सामने झाड़ू लगा देती।

"अत्यन्त सहज एवं स्वाभाविक रूप से ही यह घटना घट गई थी—ऊपर से गिराया पानी नीचे की ओर बह जाने की तरह। मेरे दोस्तों ने भी इसके लिए मुझे दोष नहीं दिया। वे कहते, 'दोनों के ही हक में अच्छा हो गया है।'

"सिर्फ दोस्त ही क्यों, इस विषय पर छाया से भी मेरी बात हुई थी। हम दोनों एक-दूसरे को बहुत चाहते थे और रज़ामन्दी से हम विवाहित हो चुके थे। हमने अपनी छोटी-सी गृहस्थी का निर्माण किया। यह लड़की छाया का बहुत काम करती, उसकी बात मानती, उससे कहानी सुनती। छाया को वह गाना भी सुनाती। शायद छाया उसे मुझसे अधिक चाहती थी।

"मैंने आपको बताया था कि मैंने छाया के साथ शादी करके गृहस्थी बसाना चाही थी। जिस मकान में मेरी दुकान थी वह बहुत ही छोटा एवं पुराने ढंग का था, लेकिन था मुख्य सड़क पर। इस वजह से मैंने उसे खरीद लिया और मरम्मत आदि करवाकर उसका नाम रखा था—'दि नेस्ट (नीड़)', बंगला में नाम रखा था—'बासा'। उस समय सन् 64 चल रहा था।

"उस वक्त बंगला भाषा, बंगला भाषा, बंगला भाषा की ध्वनि से सारे पूर्व बंगाल का आकाश गूंज उठा था। घर का बंगला नाम रखे बिना छाया को संतोष नहीं मिला। इसलिए 'बासा' नाम रखा गया था।

"एक पाकिस्तानी अफसर ने एक दिन पूछा था, 'अंग्रेज़ी नाम रख लिया, बंगला नाम रख लिया, तो फिर उर्दू नाम क्यों छोड़ दिया ?'

"उस अफसर के साथ मेरी दोस्ती थी। मैंने उसे छोटा ट्रांज़िस्टर तैयार करके दिया था। कई अवसरों पर उसने मेरी सहायता भी की थी। उसने खुद

ही उर्दू में एक नेम-प्लेट तैयार करवाकर मुझे दी थी। उसपर नाम लिखा था, 'गरीबखाना'।

"छाया के सम्बन्ध में भी उसने मुझे सावधान किया था और कहा था, 'तुमने एक बंगाली लड़की से ही क्यों शादी की ? किसी क्रिश्चियन लड़की से भी तो कर सकते थे ? एक तो बंगलाभाषी, उसपर अवामी लीग का दम भरने वाली लड़की क्यों पसन्द की तुमने ?'

"खैर, छोड़िए। मैं जो बात कह रहा था वही कहूं।

"हमारे इस नये घर में ही छाया ने नजमा तथा रहीम को नीचे के तल्ले में रहने को जगह दी थी।

"रहीम सफाई और सलीके वाला इंसान नहीं था। वह तम्बाकू पीता और लम्बे-लम्बे बालों को तेल से तर रखता। तम्बाकू की गुल से घर गन्दा हो जाता, इसके अलावा तम्बाकू की गंध भी आती। जब भी वह दीवार से सिर सटाकर बैठता, तभी दीवार पर तेल का धब्बा लग जाता। नजमा उतनी गंदी नहीं रहती थी, हालांकि आजकल की तरह साफ-सुथरी भी नहीं रहती थी। अगर गंदी रहती तो गाना गाकर भीख मांगने के व्यवसाय में नुकसान ही होता। रहीम और नजमा की इन गंदी आदतों के बावजूद छाया उनपर कभी नाराज़ नहीं होती थी।

"फिर नजमा की उम्र बढ़ने लगी। अब नजमा बड़ी हो गई थी। उसके हंसने और देखने के ढंग में फर्क आ गया। हम सोच ही रहे थे कि अब उनसे कह दें कि या तो वे लोग कहीं और चले जाएं, या फिर लड़की की शादी कर उसे ससुराल भेजकर रहीम अकेला हमारे यहां रह सकता है। लेकिन हमारे कहने की ज़रूरत नहीं पड़ी। अचानक नजमा ने खुद ही इसका इन्तज़ाम कर लिया। वह एक लड़के के साथ भाग गई। उसके बाद हम रहीम को चले जाने के लिए नहीं कह सके।

"थोड़े दिनों बाद छाया भी मर गई। बसी-बसाई गृहस्थी तथा सजा-सजाया घर छोड़कर वह चली गई।"

चुप हो गया मंसूर अली या डेविड आर्मस्ट्रांग। उसके होंठ थरथराने लगे थे। आंखों में आंसू डबडबा आए थे।

रूमाल से आंसू पोंछ, कुछ क्षण और खामोश रह, मंसूर ने आत्मसंवरण

कर लिया। उसके बाद बोला, "उस रात को, मतलब जिस दिन छाया को कब्र में सुलाकर आया था, घर लौटने पर रहीम के अलावा मेरे पास और कोई नहीं था। उसी अंधे के समान, अस्वस्थ, कमज़ोर व्यक्ति ने उस वक्त मुझे कितना धीरज बंधाया था, मैं बता नहीं सकता। वर्णन कर पाना असंभव है।

"ओह !" एक ठंडी आह भरी मंसूर अली ने।

इस बीच लड़की सो गई थी। बीच-बीच में वह थरथराती हुई सांस खींचती थी। मंसूर अली कुछ देर तक चुपचाप लड़की की तरफ देखता रहा, फिर बोला, "पता नहीं, बेचारी बचेगी या नहीं। ओह, कितनी लांछना सहनी पड़ी है इसे ! आह, आंखों देखे बिना विश्वास भी नहीं हो सकता किसीको। मैं खुद ही विश्वास नहीं करता। एक ही बेटा था इसका, छह महीने का, वह भी मां की तरह घोर काला और कैसा खिलखिलाकर हंसता था, उसे भी मार डाला बैरियों ने।"

इंस्पेक्टर ने कहा, "चलिए, उस कमरे में चलें।"

वापस पहले वाले कमरे में आकर, इंस्पेक्टर ने चेयर पर बैठते हुए कहा, "तो यह लड़की आपकी कुछ नहीं लगती ?"

"हां, अगर विचार करके देखा जाए तो यह मेरी कुछ भी नहीं लगती।"

"आप उस चेयर पर बैठ जाइए।"

"थैंक्यू," चेयर को थोड़ी-सी घुमाकर उसपर बैठते हुए उसने कहा, "यहां से उसे भी देख सकूंगा। आज कितने दिनों से तेज़ बुखार में तप रही है वह। दुबली एवं नाटी-सी है, इसलिए कंधे पर लादकर लाना संभव हुआ।"

इंस्पेक्टर ने कहा, "मैंने डॉक्टर का इन्तज़ाम कर दिया है, आप चिन्ता न करें। जितनी देर आप हमारी हिफाज़त में हैं, वह सारी व्यवस्था हम करेंगे।"

"तो क्या आपने जासूस समझकर मुझे गिरफ्तार किया है ? पर मैं जासूस नहीं हूं। इस शब्द से भी मुझे घृणा है। मैं इस विचार तक को तुच्छ समझता हूं।"

"दरअसल हमने आपको गिरफ्तार नहीं किया है, लेकिन हमें शक ज़रूर

है। यह काली भिखारिन लड़की और आप। आप दोनों, ऐसी हालत में, पेयर और मैच (जोड़ा या उसके समकक्ष) जो भी कहिए, इसलिए अब शक दूर किए बिना हम आपको छोड़ नहीं सकते।"

"मैं भगवान की कसम खाकर आपको यकीन दिलाता हूं। बाइबिल हाथ में लेकर कसम खा सकता हूं। इसके अलावा मैं और क्या कर सकता हूं ? कैसे यकीन दिलाऊं ?"

"उग्र मत होइए, कसमों से कोई फायदा नहीं होगा। आप बैठिए। हम आपसे जो कुछ पूछते हैं उसका सही जवाब दीजिए। तब हमारे लिए अधिक सुविधा होगी। इतना सब तो आपने बताया ही है अपनी कहानी बयान करते हुए, हमें कुछ-कुछ विश्वास भी हो रहा है। बहुत ही सहज, स्वाभाविक है आपकी कहानी, लेकिन बीच-बीच में ऐसा भी महसूस होता है कि अगर यह 'अरेबियन नाइट्स' की घटना होती तो ज्यादा अच्छा होता।"

एक लम्बी सांस लेकर उसने कहा, "क्या मैं पूछ सकता हूं कि मेरी बातों में अरेबियन नाइट्स की घटनाओं जैसी कौन-सी बात लगी आपको ?"

"कि आप एंग्लो-इंडियन हैं—आपका नाम था डेविड आर्मस्ट्रांग और आप बन गए मंसूर अली !"

उस व्यक्ति ने कहा, "मेरी पॉकेट से एक पासपोर्ट निकला होगा, उसे आप देख लीजिए। उसमें मेरा फोटो तथा नाम लिखा है। हां, दस साल पहले का ज़रूर है। मैं एक बार काहिरा गया था। उस समय मैं पश्चिम पाकिस्तान की सबसे बड़ी इलेक्ट्रिक कम्पनी में काम करता था। नवाबज़ादा ज़फरुल्ला खां का नाम बताया था न मैंने आपको ? याद है ?"

"हां, मुझे उसकी याद है। नवाबज़ादा ज़फरुल्ला खां। बहुत बड़ा दिल था उसका और मनमौजी स्वभाव।"

"ऐसे लोगों की अलग ही जाति होती है। और वह होती है शैतान की जाति। उनका कोई धर्म नहीं होता, वे किसी राष्ट्रविशेष से सम्बन्धित नहीं होते। उनका वर्ग राजकुमारों, राजाओं, नवाबों और सुलतानों का होता है।"

इंस्पेक्टर ने कहा, "उन बातों को छोड़िए। आप पासपोर्ट के विषय में कह रहे थे ?"

"हां। कंपनी का बिजली के सामान का एक बड़ा पार्सल इंगलैंड से एक जहाज़ में आ रहा था। स्वेज कैनाल के झगड़े के कारण अरबियों ने जहाज़ को रोक लिया था। बहुत लिखा-पढ़ी करने के बाद माल को दूसरे जहाज़ में लाने का इन्तज़ाम किया गया। कंपनी ने ज़फरुल्ला को और मुझे भेजा; उसी समय का पासपोर्ट है। देखिए, उसमें मेरे दोनों ही नाम हैं। उन दिनों मेरा चेहरा पश्चिम पाकिस्तानियों की तरह का था, साथ ही यूरोपियन के रूप में भी मैं आसानी से जा सकता था। अब मेरा रंग धूप से जल गया है। तांबे से भी कम चमक रह गई है—फिर भी कोशिश करने पर मुझे चित्र में पहचान सकते हैं।"

"हां, आप ठीक कह रहे हैं।" इंस्पेक्टर पासपोर्ट ही देख रहा था। उसकी ओर नज़र उठाकर देखने के बाद उसने उक्त बात कही। "पर इतना बुरी तरह जला हुआ-सा रंग कैसे हो गया आपका? क्या पूर्व बंगाल के हवा-पानी से ?"

उसने सिर्फ गर्दन हिलाई, मुंह से कुछ नहीं कहा। सिर्फ गर्दन हिलाकर ही उसने जताया, "नहीं।"

"तब फिर ?"

"कई साल तक मैं फकीरों-संन्यासियों की तरह मारा-मारा फिरता रहा हूं। छाया मर चुकी थी। छाया मेरे लिए क्या थी, मैं आपको नहीं समझा पाऊंगा। आप समझ भी नहीं सकेंगे। दो ही साल में उस लड़की ने आश्चर्यजनक रूप से मुझे बंगाली बना छोड़ा था। वह लड़की पालिटिक्स से सम्बन्धित थी।"

"क्या तुम भी अवामी लीग के सदस्य हो गए ?"

"आपसे छिपाऊंगा नहीं। इसकी ज़रूरत भी नहीं है। अवामी लीग में ज़रूर थी वह, बंगबन्धु मुजीबुर रहमान की अवामी लीग नहीं थी वह। मौलाना भासानी साहब की चीनापंथी अवामी लीग के साथ छाया का सम्पर्क था। छाया जीवित रहती तो मैं भी भासानी साहब के दल में ही सहयोग देता, पर छाया मर गई। मेरे जीवन में वह पहला प्रबल आघात था। उस आघात से मानो सारी दुनिया ही मेरे लिए रंग-उड़े टिन के खिलौने सदृश हो गई। दुकान उठाकर, मकान एक व्यक्ति को किराये पर दे, मैं पैदल ही समूचे पूर्व पाकिस्तान का चक्कर लगाने लगा।"

कुछ देर चुप रहकर वह बोला, "आप जानते हैं, हम दोनों में सिर्फ एक

विषय के अलावा कभी झगड़ा नहीं होता था। वह विषय था कि पहले कौन मरेगा। वह कहती, 'मैं' और मैं कहता, 'नेवर, मैं'। झगड़े का अंत कभी नहीं होता, क्योंकि कोई भी किसीसे हार मानने को तैयार नहीं था। आखिरकार जो निष्कर्ष निकलता उसमें हम दोनों का एक ही मत होता था। छाया कहती और उसीसे सीखकर मैं भी कहता, 'बनवासी-संन्यासी हो जाऊंगा अगर तुम मर गईं।'

"यह वाक्य विचित्र ढंग से मेरे जीवन में ही सत्य हो गया। छाया मर गई। एक अद्भुत, सुन्दर एवं मधुर सुख-स्वप्न में जब हम विभोर होने वाले थे, जब हमारा स्वप्न सच होने वाला था, जब हम इसी प्रत्याशा में तरह-तरह की तैयारियां कर रहे थे, ठीक तभी अचानक सारे स्वप्नों को तोड़कर छाया चली गई। मैं अस्पताल के बरामदे में सेफ डिलीवरी का संदेश सुनने की उम्मीद में बैठा था। डॉक्टर ने कहा था, 'सब नॉर्मल है। किसी प्रकार की चिन्ता न करें।' मैं उत्कण्ठा में डूबा सिगरेट पर सिगरेट फूंक रहा था। इसी तरह सारी रात बीत गई। सुबह खबर मिली कि लड़का और उसकी मां दोनों ही मर चुके हैं। दोनों में से किसीको भी नहीं बचाया जा सका।

"मेरे लिए दुनिया बदरंग हो गई। मेरे सजे-सजाए घर-द्वार, मेरा व्यापार सभी फूटे टिन के पात्र समान हो गए। जीवन का सारा संचित सुख, सारा धन मिट्टी में मिल गया। 'तुम मर गईं तो मैं बनवासी-संन्यासी बन जाऊंगा' बात उस समय मुझे याद नहीं थी लेकिन सचमुच ही सब कुछ त्यागकर मैं एक तरह से बनवासी-संन्यासी ही बन गया था।

"सब कुछ बेस्वाद हो गया था। कुछ भी अच्छा नहीं लग रहा था। अपना सारा कारोबार उठाकर मैं पहले लाहौर गया। लाहौर से इस्लामाबाद गया तथा वहां से कराची। पर कहीं भी अच्छा नहीं लगा। मैं वापस ढाका लौट आया। ढाका का कारोबार मैंने उठा दिया था, माल-असबाब मिट्टी के दाम बेच दिया। था, लेकिन मकान नहीं बेचा था। मकान मेरे पास था; उसे मैं किराये पर दे गया था। नीचे तल्ले का एक हिस्सा मैंने किराये पर नहीं दिया था। योंही बन्द कर गया था। वहीं पर बरामदे के एक कोने में रहीम रहता था। रुपये मेरे पास काफी थे। सोलह साल की उम्र से मैं कमा रहा था, अकेला आदमी था, इसके अलावा मैं फिज़ूलखर्च भी नहीं

था। नौकरी के दिनों में भी मुझे तनख्वाह बहुत अच्छी मिलती थी। नौकरी के बाद जो व्यवसाय किया था—रेडियो-ट्रांज़िस्टर का, उससे भी मैंने बहुत कमाया। इन सबके अलावा, इलेक्ट्रिसिटी के इस युग में एक स्क्रू-ड्राइवर और एक टेस्टर लेकर शहर के किसी भी बाज़ार में बैठ जाता तो एक दिन में आठ-दस रुपये कमाना मेरे लिए बहुत बड़ी बात नहीं थी। मैं उड़ता फिरने लगा। जिस तरह नीड़ टूट जाने पर पक्षी इस डाल से उस डाल पर उड़ता-बैठता रहता है, मैं भी वैसे ही करने लगा।

"कितनी ही बार सोचा कि किसी और देश में चला जाऊं। काम जानता ही हूं, किसी भी देश में अच्छे मैकेनिक का काम करके अपना काम चला सकता हूं, फिर मुझे चिन्ता क्या है? लेकिन जा नहीं सका। बस, पूर्व पाकिस्तान में ही जगह-जगह घूमने लगा। कितनी ही बार सिलहट जाकर डौकी नदी के किनारे खड़ा उस पार के खसिया, जयन्ती, चेरापुंजी पहाड़ियों के क्रिश्चियन अंचलों की ओर हसरत-भरी निगाहों से देखता रहता। उस पार की सुन्दर पहाड़ी कन्याओं के बारे में सोचता रहता। मैंने उस पार जाने की बात भी सोची, पर गया नहीं। जा नहीं सका। चटगांव-काक्सबाज़ार में रहा, बारिसाल के अंचलों में घूमा। बस, घूमते रहने की सनक सवार हो गई थी मुझपर। फिर मन हुआ कि नौका में सब जगह घूमूं। और मैं घूमा भी। नौका में ही मैंने पदमा और मेघना नदियों को पार किया। तूफान के थपेड़े भी सहन किए। ऐसे मौकों पर नौका की पटड़ी को कसकर पकड़े बैठा रहता। बारिसाल जाते समय स्टीमर में बैठे-बैठे नदी का टेढ़ा-मेढ़ा रूप देखा है। माटी और जल का एक-दूसरे में गुंथना भी देखा है। एक बार शिकारियों के साथ सुन्दरवन में जाकर बाघ-बाघिन को एकसाथ देख आया, उनकी एक-दूसरे पर झपटा-झपटी, केलि-क्रीड़ा देख आया। ज्वार से उफनता पानी और कीचड़ देखकर लगा था कि कीचड़ और पानी खिलवाड़ कर रहे हैं। बस, इसी तरह निरुद्देश्य घूमते-घूमते मैंने एक दिन महसूस किया कि यह देश मुझे बहुत ही प्यारा लगने लगा है, यही सबसे अच्छा देश है, इससे अच्छा और कोई देश नहीं है और यही मेरा देश है। मैं सोचता, बारिसाल जैसे उपजाऊ मिट्टी वाले अंचल में थोड़ी-सी ज़मीन लूंगा, खेती करूंगा और एक बंगला बनवाऊंगा। इलेक्ट्रिसिटी मिल गई तो ठीक है, नहीं मिली तो खुद ही एक जेनेरेटर तैयार करके लगा लूंगा। एक छोटा ट्रैक्टर खरीदकर खेती करूंगा। उसके साथ ही पोलट्री करूंगा।

“और गाने सुना करता।

“छाया मुझे गाने गाकर सुनाया करती थी। प्रायः रोज़ ही सुनाया करती थी। बिस्तर पर लेटकर, मेरा हाथ अपने हाथ में लेकर, वह गुनगुनाया करती :

“आज तो मेरे प्रियतम, तुम्हें नहीं छोड़ूंगी।
आंखों का काजल बनाकर
तुम्हें आंखों में लगा लूंगी।
वसन बनाकर अंग पर सजाऊं
माला बनाकर गले में।
सिंदूर बनाकर मांग में सजाऊं ;
दो बदन मिलकर एक हो जाएंगे।
बोलें चाहे लोग बुरा, मैं नहीं सुनूंगी।

“यही सब लोक-गीत मैं अब भी रोज़ सुनता। नौका को घाट पर लगाकर मांझी लोग उन गीतों के गायकों को गांवों से बुलाकर लाते। उनके साथ-साथ मैं भी गाना सुनता। लिख भी लेता। मैंने गानों का एक कापी में कलेक्शन किया था। मौलाना भासानी ने वह कापी देखकर कहा था कि उसे वे छपवाएंगे।”

इंस्पेक्टर ने बीच में ही टोककर कहा, “ठहरिए।”

“येस !”

“तुम मौलाना भासानी को जानते हो ?”

“येस सर, मैं उनको जानता हूं और वह भी मुझे जानते हैं।”

“मौलाना साहब से आपका परिचय किस प्रकार हुआ ?”

“पहले ही बता चुका हूं कि मेरी पत्नी छाया मौलाना साहब के दल की सदस्या यानी पार्टी-मेम्बर न होने पर भी उनसे बहुत घनिष्ठ रूप से परिचित थी। उनके दल के कल्चरल फंक्शन्स (सांस्कृतिक आयोजनों) में उसके बिना काम ही नहीं चलता था।”

“उनके दल के साथ आप कहां तक सम्बन्धित थे ?”

“सम्पर्क साधारण ही था, फिर भी मौलाना साहब पर मेरी बहुत श्रद्धा है। अद्भुत आदमी हैं वे।”

“साधारण सम्पर्क का मतलब ?”

"साधारण का मतलब साधारण। वे मुझे जानते हैं, स्नेह करते हैं, और मैं उनको श्रद्धा करता हूं। उनके दल के साथ मेरा कोई संपर्क नहीं। न तो मैं उनके दल का सदस्य रहा हूं और न ही समर्थक।"

"तो फिर किस दल के साथ आपका सम्बन्ध रहा है ?"

"किसी भी दल के साथ नहीं।"

"फिर भी किस दल की राजनीतिक विचारधारा आपको पसन्द है ?"

कुछ देर सोचने के बाद उसने कहा, "यह भी मैं कैसे कह सकता हूं? मौलाना भासानी तथा शेख मुजीबुर रहमान दोनों के ही मत मुझे अच्छे लगते हैं।"

"इस बार के एलेक्शन में वोट किसे दिया आपने ?"

"किसीको भी नहीं। मेरा नाम नहीं था वोटर-लिस्ट में।"

इंस्पेक्टर चुप रह गया। एक सिगरेट सुलगाकर बाहर की ओर देखता रहा। वह व्यक्ति अपनी धुन में बोले ज़ा रहा था—"मैं आपको पहले ही बता चुका हूं कि ढाका में मेरा घर अभी तक है, अपने लिए एक कमरा मैंने खाली भी रख छोड़ा है, पर मैं जगह-जगह घूमता ही रहा हूं। कभी नौका में, तो कभी ट्रेन तथा बसों में, तो कभी पैदल ही। लेकिन मुझे सबसे अच्छा नौका में घूमना लगता था। नदी-नाले, ताल-तलय्या, किनारे-किनारे नारियल तथा सुपारी के वृक्ष, गांवों-घाटों पर बहुओं और नौका-नारियों का जमघट..."

"अच्छा," उसकी बात को बीच में ही रोककर ऑफिसर ने कहा, "अच्छा, एक बात का जवाब दीजिए।"

"कहिए।"

"आप पूर्व पाकिस्तानी नहीं, और न आप मुसलमान हैं, न हिन्दू। आपका किसी भी राजनीतिक पार्टी से सम्बन्ध नहीं। आपने किसीको वोट नहीं दिया। आप एक एंग्लो-इंडियन हैं। तो फिर आप पाकिस्तान छोड़कर भाग क्यों आए ? देखिए, ज़रा सोचकर जवाब दीजिएगा। ज़रा सोचिए, आपको मारने का तो उनके पास कोई कारण ही नहीं था।"

वह व्यक्ति स्थिर नज़रों से ऑफिसर के मुंह की ओर देखता। रहा, मानो ऑफिसर को ही प्रश्न का मूर्त रूप समझकर प्रश्न का जवाब ढूंढ़ रहा हो। एक

दीर्घ श्वास छोड़कर वह उस कमरे की ओर ताकने लगा जिसमें वह अद्भुत काले रंग की लड़की, मसली हुई बेल की तरह, ज़मीन पर पड़ी थी।

ऑफिसर ने कहा, "उस लड़की के लिए ?"

"नहीं, उस देश से भागने की बात सोचकर जब मैं ढाका से निकला था उस वक्त वह मेरे साथ नहीं थी।

"ढाका से आप कब निकले थे ?"

"26 तारीख की रात के अंतिम प्रहर में।"

"26 की रात के अंतिम प्रहर में ?"

"हां, 26 की रात के अंतिम प्रहर में। लगातार चौबीस घंटे तक हमने सशस्त्र सैनिकों को ऑटोमेटिक राइफलों और लाइट मशीनगनों द्वारा मनुष्यों की हत्या करते देखा, सदर रास्ते पर औरतों को बालों से पकड़कर घसीटते, बायोनेट शरीर से सटाकर नंगी-अधनंगी जवान यहां तक कि लगभग 40-50 वर्ष तक की औरतों को घसीट-घसीटकर सदर रास्ते पर रेप (बलात्कार) किए जाते देखा। एक अंधेरे कमरे में टूटे-फूटे कबाड़खाने के बीच छिपकर खिड़की के एक सुराख में से हमने अपनी आंखों से यह सब देखा। उसके बाद और सहन नहीं हुआ। मेरी आंखों के सामने ही रहीम, उस काली लड़की का बाप—जो लगभग अंधा था, जो मेरे मकान के सामने ही रहता था, वह आंखों से तो कुछ नहीं देख पाया, सिर्फ राइफल और मशीनगन की गोलियों की आवाज़ें, मोटर के धमाके, लोगों की चीख-पुकार, रोना-चिल्लाना सुनकर पागल जैसा हो गया। 25 की रात से 26 की रात के अंतिम प्रहर तक हम तीन व्यक्ति..."

ऑफिसर ने चेहरा उठाकर उसकी ओर देखा, फिर बीच में ही टोककर बोला, "एक मिनट..."

उस व्यक्ति ने भी ऑफिसर की ओर मुंह फिराया।

ऑफिसर ने पूछा, "तीन व्यक्ति कौन-कौन थे ?"

उसने बताया, "मैं, मिस्टर सेन और रहीम—यानी नजमा का बाप। मैंने आपको ज़रूर बताया है कि वह ग्यारह-बारह वर्ष की थी या चौदह-पन्द्रह की रही होगी, तब उसका बाप उसका हाथ पकड़े भीख मांगा करता था।..."

"हां। आपने बताया था कि लड़की भाग गई थी।"

"हां। एक ठेले जैसी चार पहियों की गाड़ी पर एक लड़का मनिहारी वस्तुओं की फेरी लगाया करता, उसके साथ भाग गई थी। उनकी अक्सर भेंट होती थी रास्ते में। बाप तो अंधे के समान था, वह लड़की की शादी करने को तैयार नहीं था। अतः उसने अपने पिता को छोड़ दिया और उसके साथ चली गई। उसके बाद रहीम अकेला कहां जाता, अतः वह वहीं रहने लगा। मेरे मकान के ऊपर तल्ले में नये किरायेदार के रूप में 'दिगंत' अखबार का ऑफिस आया था। मकान के सामने ही एक छोटा-सा चौरस्ता भी था, वह वहीं हाथ पसारे बैठा रहता। आखिरी दिनों में उसे अफीम खाने की आदत पड़ गई थी। अफीम की झोंक में पड़ा ऊंघता रहता और कभी-कभी गाना गाता : "मैं तेरा नाम ले रोता हूं, हे दयालु गुरु ! इस भव दरिया से पार करने वाला कौन है ? चारों ओर अंधेरा ही अंधेरा है, हे गुरु!' यही एक गाना वह अधिक गाया करता। 'दिगंत' वालों ने उसे कुछ गाने बंगला देश के सिखा दिए थे, वे भी वह गाता। 25 की रात को जब मैं मीटिंग में जाकर घर आया तब भी वह अपने कमरे में बैठा वही गाना गा रहा था। मैंने पुकारा तो उसने दरवाज़ा खोल दिया। उसके बाद मिस्टर सेन आए।"

ऑफिसर ने पूछा, "मिस्टर सेन कौन ?"

आर्मस्ट्रांग ने उनकी ओर देखा। ऑफिसर ने प्रश्न को स्पष्ट कर दोहराया, "यानी उनका नाम क्या था ? वे आपके साथ योंही हो गए, यानी ऐसे एक दिन की इतनी रात गए...?"

"मिस्टर सेन बंगाली थे, पर पूर्व पाकिस्तानी नहीं थे, भारतीय थे। फिर भी बंटवारे के पहले उनका घर उसी देश में था। अपने देश के प्रति बहुत मोह था उन्हें।"

"पूरा नाम क्या है उनका ?"

"मिस्टर सेन। मिस्टर के० सेन। शायद कनक सेन नाम था। मिस्टर सेन एक जर्नलिस्ट थे। खबरें संग्रह करने के लिए अक्सर चुपचाप पाकिस्तान आया करते। सत्याग्रह की शुरुआत में वे फिर वहां आए थे और ढाका के बाहर के पूरे देश में घूमते रहे थे। उसके बाद प्रेसीडेंट याहिया खां जब शेख मुजीबुर रहमान साहब के साथ बातचीत करने के लिए ढाका आए तो वे भी ढाका लौट आए। मेरे मकान में अखबार का जो दफ्तर था, उस अखबार के लोगों के साथ उनका परिचय था। वे सब ऐसे बुद्धिवादी मुस्लिम युवक थे

जो पूर्व पाकिस्तान में बंगला देश के रूप में एक नये युग का सूत्रपात करने के स्वप्न देख रहे थे। 'दिगंत' अखबार ऐसे ही बुद्धिवादी नई विचारधारा के युवकों द्वारा संचालित था। पूर्व पाकिस्तान के युवा लोग; नये स्वप्न थे उनके, नया विश्वास, नया मन था। ये दाढ़ी-मूंछ कटवाते थे, मुल्ला-मौलानाओं के अलावा किसीसे उर्दू में बात नहीं करते थे और हिन्दू हैं या मुस्लिम हैं या क्रिश्चियन, इन बातों पर ध्यान नहीं देते थे। आप उन्हें अवामी लीग के दल वालों में भी मान सकते हैं। कोई लिखता, कोई तस्वीर बनाता, कोई स्कूल में पढ़ाता, तो कोई कालेज में। स्कूल-कालेज में पढ़ने वाले लड़कों का दल भी था उनमें। गायकों का दल था, ड्रामा-पार्टी थी। ये सभी एक अलग किस्म के लोग थे। यही कारण है कि उन लोगों से मेरा परिचय हो गया था। छाया भी उन लोगों को जानती थी। इसलिए हमने अपना मकान भी किराये पर उन्हें दे दिया था। 'दिगंत' आफिस में उन लोगों का अड्डा जमता।

"मिस्टर सेन के साथ उन लोगों की बहुत ही अच्छी अण्डरस्टैंडिंग (समझदारी) थी। गम्भीर इंटीमेसी (घनिष्ठता)। मिस्टर सेन जब भी पूर्व पाकिस्तान आते तो इस अड्डे में अवश्य शामिल होते। शरीर से भी वे मज़बूत एवं दुस्साहसी व्यक्ति थे। एक साहसी योद्धा भी कह सकते हैं उन्हें। उस देश में, मतलब पूर्व पाकिस्तान में जब भी कोई घटना घटती तभी वे अचानक ही आ टपकते। वे बिलकुल किसान-मज़दूरों की तरह ही वहां की भाषा बोल सकते थे। 'दिगंत' से सम्बन्धित सभी लोग अवामी लीग के थे और इन लोगों के साथ मिस्टर सेन की गहन इंटीमेसी होने पर भी इन्हींमें से एक नहीं थे वे। मैंने शुरू दिनों में ही 'दिगंत' के एडीटर नूरु-उलहुसेन को अपने दल के एक लड़के से यह कहते सुना था, 'तुम सेन के साथ अधिक दोस्ती न बढ़ाना, मेहंदी ! तुममें अभी बचपना है, और सेन है मंजा हुआ आदमी। सेन हमारा मित्र अवश्य है, पर पार्टी का आदमी नहीं है। इसके अलावा, वह परदेशी है, ऐसे हैं मिस्टर सेन। उन्हें देखकर मुझे अच्छा लगा था।"

ऑफिसर ने बीच में उसे मना करते हुए कहा, "बस, बस, मैं जान गया। कनक सेन को हम पहचानते हैं। उनके साथ आपका कितने दिनों से परिचय है?"

उसने बताया, " छाया के मरने के बाद मकान 'दिगंत' को किराये पर

देकर मैं समूचे पूर्व बंगाल में घूमने निकला था। पहली बार ट्रेन तथा बसों में घूम-फिरकर जब वापस ढाका लौटा तो वहां करीब दो महीने रहा था। उन्हीं दिनों एक दिन टेपरिकार्डर चला रहा था। गांव से टेप करके लाया था। मिस्टर सेन उस समय 'दिगंत' के ऑफिस में बैठे थे। गाना सुनकर मेरे नीचे तल्ले वाले कमरे का दरवाज़ा खोल भीतर आए और बोले, 'बहुत ही बढ़िया गाना है यह तो। बिलकुल गांव की गंध मिला हुआ। एक बार फिर सुनना चाहता हूं, आपको कोई एतराज़ तो नहीं ?'

"करीब एक घंटे तक गाना सुनकर वे चले गए थे। मुझे वे पसंद आए। उनका व्यवहार तो सुखकर था ही, इसके अलावा एक प्रकार का चुम्बकीय आकर्षण भी था उनमें। मेरा बनाया एक छोटा-सा पॉकेट ट्रांज़िस्टर देख बच्चों की तरह मचलकर बोले, 'इसे तो मुझे बेच दीजिए।' वह ट्रांज़िस्टर उन्होंने छोड़ा नहीं। अच्छी कीमत चुकाकर ले गए थे। उनसे दुबारा मुलाकात हुई 21 फरवरी को, जब बंगला भाषा को लेकर कितने ही आंदोलन हो रहे थे। उस समय वे बहुत व्यस्त थे। बात अधिक नहीं हो सकी। उसके बाद यही थी हमारी आखिरी भेंट...25 मार्च की रात वाली।

" मैं थोड़ा पानी पीना चाहता हूं। एक गिलास पानी, प्लीज़ !"

"25 मार्च की रात। समय क्या था उस वक्त इसका मुझे ध्यान नहीं था। मुझे होश ही नहीं था। इसके अलावा, मेरे पास घड़ी भी नहीं थी। एक मांझी को दे दी थी घड़ी मैंने। उसके बाद खरीदी नहीं, क्योंकि मुझे कोई खास ज़रूरत भी नहीं थी। घड़ी के कांटे के साथ जिस तरह रात और दिन तथा दुनिया चलती है, मैंने उससे अलग रहने की कोशिश की थी उन दिनों।

"25 के अपराह्न से ही पूरा ढाका शहर उस खतरनाक बम की तरह हो रहा था जिसके पलीते में आग लगा दी गई हो और वह आग धीरे-धीरे बम की ओर बढ़ रही हो। सुना कि चटगांव शहर जल रहा है। यहां ढाका में प्रेसीडेंट याहिया खां साहब के साथ बंगबन्धु शेख साहब की बातचीत हो रही है। चौबीस दिनों से अहिंसा सत्याग्रह चल रहा था। विचित्र था वह आन्दोलन भी। ऐसा लगता था मानो एक विशाल एवं भयानक-खूंखार जन्तु पक्षाघात से ग्रस्त हो पंगु हो

गया हो—शरीर के किसी भी अंग में हरकत नहीं हो रही थी। मानो सिर्फ दोनों आंखों को खोले देख रहा हो। आंखें खुली हैं, पर कुछ देख भी रही हैं या नहीं, यह नहीं कहा जा सकता था। केवल इतना पता चलता था कि सांस चल रही है। बाइबिल में समुद्र विदीर्ण होने की घटना का उल्लेख है, मुझे भी यह सत्याग्रह वैसा ही एक अजूबा जैसा लगा।

"इसी कारण मैं ढाका में ही अटक गया था। नौका द्वारा समूचा देश घूम-घामकर ढाका आया था कि अब पश्चिम पाकिस्तान जाऊंगा। रुपये-पैसों की भी कमी हो गई थी। मकान-किराये के रुपये वसूल करके लाहौर, इस्लामाबाद, कराची जाने का मेरा विचार था। इसके साथ-साथ मेरी यह भी इच्छा थी कि अपने संग्रह किए हुए गानों के टेप से रिकार्ड की एक सीरीज़ तैयार करवाऊंगा और अगर संयोगवश यूरोप जा सका तो उन गानों को वहां प्रस्तुत करने का आइडिया भी था। पर मैं जिस ढाका में पहुंचा था उस ढाका को मैंने पहले कभी नहीं देखा था। ढाका का वह बहुत ही अजीब एवं चकित कर देने वाला रूप था।

"पाकिस्तान सरकार अचल हो चुकी थी। उसकी गाड़ी के चक्के ने घूमना बन्द कर दिया था। व्यापार बन्द, वाणिज्य बन्द और सबसे आश्चर्यजनक बात यह कि हाईकोर्ट के जज ने भी प्रेसीडेंट का हुक्म मानने से इन्कार कर दिया। सम्पूर्ण पाकिस्तान में मानव-जीवन तो चल रहा था, पर सरकार अचल हो गई थी।"

ऑफिसर ने कहा, "देखिए, ये सब बातें तो आप और मैं ही नहीं, हर व्यक्ति जानता है। आप अपनी बात कहिए। मैंने पूछा था, आप न तो हिन्दू हैं, न अवामी लीग पंथी मुसलमान हैं, आप किसी भी राजनीतिक पार्टी से सम्बन्धित नहीं, फिर आप भाग क्यों आए ? आप तो क्रिश्चियन हैं, ऐंग्लो-इंडियन, फिर आपके ऊपर तो पाकिस्तान की शत्रुता होने का कोई सवाल ही पैदा नहीं होता।"

"येस मिस्टर ऑफिसर, पाकिस्तान का आक्रोश मुझपर होने का सवाल नहीं है, और न था ही। मैंने जब छाया से शादी की थी। उस समय पुलिस की नज़र मुझपर एक बार अवश्य पड़ी थी, लेकिन छाया की मृत्यु के बाद उन्होंने मुझपर से वह नज़र हटा ली थी। आप सही हैं और...और मेरा कोई राजनीतिक रुझान भी नहीं था, लेकिन इस बार ढाका पहुंचकर मैंने जो कुछ देखा, जो कुछ

सुना, वह आश्चर्यजनक था। मुझपर भी नशा सवार हो गया।"

डेविड आर्मस्ट्रांग ने ज़रा-सा हंसकर कहा, "देखिए, एक बात तो मैंने आपसे कही ही नहीं, कहने की ज़रूरत भी नहीं महसूस हुई और बोलने लायक अवसर भी नहीं मिला। वह बात यह है कि मैंने जो खानाबदोशों की तरह तीन बार ईस्ट पाकिस्तान की यात्रा की थी उसमें मैं शराब कुछ अधिक पीने लगा था। मैं ऐंग्लो-इंडियन हूं, यह तो आपको पता ही है। हम लोग शराब पीना बचपन से ही सीखते हैं। शराब हम लोगों की रोटी-पानी में शामिल है। इस बार ढाका पहुंचकर और ढाका का नया चेहरा, उसके नये रंग-ढंग देखकर मैं इतना जोश में भर उठता था कि शराब खरीदकर रखना ही भूल जाता। मैं सभाओं आदि में जाकर भाषण सुनता, उसका नशा इतना तेज़ रहता कि शराब की बात भूल ही जाता, वहां से लौटकर आता तो खाने का समय नहीं रहता, इसलिए कई बार खाता ही नहीं। सभा से लौटकर कहीं से इन्तज़ाम करके शराब पीता और मन ही मन सभा में सुने भाषण को दोहराता।

"अगर किसी दिन किसीका भाषण अधिक अच्छा लगता तो उस दिन शराब अधिक पीता। 'न्यूज़' का समय होते ही रेडियो खोलकर बैठ जाता, हाथ में गिलास रहता।

"25 मार्च की रात। समय होगा दस या ग्यारह। अपराह्न के तीन बजे मीटिंग हुई थी। श्रमिक फेडरेशन की पुरानी पल्टन की मीटिंग थी। मीटिंग के बाद मैं कुछ देर सड़कों पर घूमा। था। शाम को लौटकर सोचा कि देश स्वाधीन हो रहा है, इसलिए मैंने शराब के कई पेग लिए। याहिया खां शेख मुजीबर रहमान से हार मानकर तथा सारे मामलों का निपटारा करके लौट रहे हैं।

"सड़क के दोनों ओर खड़े पूर्व पाकिस्तानी हर्ष-ध्वनि कर रहे हैं, 'बंगला देश ज़िन्दाबाद। बंगला देश ज़िन्दाबाद !' उनके हाथों में बंगला देश का नया झंडा है। भुट्टो गर्दन झुकाए वापस लौटा जा रहा है।

"कानों में शेख मुजीबुर रहमान के वही आश्चर्यजनक शब्द गूंज रहे हैं, 'हर घर को तुम लोग दुर्ग में बदल डालो। जो कुछ हाथ में आए उसीसे युद्ध करो। हमारा संग्राम जारी है, जारी रहेगा। हमारा संग्राम मुक्ति का संग्राम है। हमारा संग्राम स्वाधीनता का संग्राम है।'

"उस रात शराब पीकर यही भाषण मैं घर में चीख-चीखकर दुहरा रहा था। उस वक्त 25 मार्च, की रात बहुत ज़्यादा बीत चुकी थी। मिस्टर ऑफिसर, मैं उस दिन किस समय बांगलादेश का ही एक व्यक्ति बन बैठा, यह मेरी समझ में ही नहीं आया।

"सिर्फ मैं ही क्यों, वह काना रहीम, जो भिक्षा मांगकर खाता था, जिसके लिए डेमोक्रेटिक राइट (जनतांत्रिक अधिकार) का भी कोई महत्त्व नहीं था, ईस्ट पाकिस्तान और वेस्ट पाकिस्तान के झगड़े को लेकर जिसे किसी प्रकार का सिरदर्द नहीं था, अवामी लीग एवं मुस्लिम लीग आदि के लिए जो सिर नहीं खपाता था, मैंने देखा कि मेरी तरह और अन्य सब मनुष्यों की तरह वह भी एक विशेष दल का एक सदस्य बन बैठा है, एक ऐसे दल का जो जय बांगला बोलकर चीख रहे हैं और बंगबन्धु मुजीबुर रहमान ज़िन्दाबाद कहकर चिल्लाते हैं, नारे लगाते हैं ?"

ऑफिसर ने कहा, "आपके कहने का मतलब है कि उस दिन शेख साहब का भाषण सुनकर इमोशनली (भावुकतावश) लाखों लोग आंदोलित हो गए थे ?"

"हां, ठीक कहा आपने। ऑफिसों में ताला लगाकर सभी बाहर निकल आए। वे सभी बहुत व्यग्र थे। पूरे ढाका शहर की यही हालत थी। मुजीबुर रहमान ने एक तरह से युद्ध घोषित ही कर दिया था। लोगों को उम्मीद थी कि प्रेसीडेण्ट याहिया खां साहब इन्साफ अवश्य करेंगे। मुसलमान होने के नाते मुसलमान के साथ बिरादरी का व्यवहार करेंगे। आखिर समाज के सामने भी तो उन्हें जवाबदेही करनी पड़ेगी।"

इन्स्पेक्टर ने कहा, "वह सब हमें मालूम है। कोई भी इन तथ्यों से इन्कार नहीं करता। आप सबने क्या किया, वह बता इए न।"

"समूचा ढाका शहर सायं-सायं कर रहा था। नौ बजते-बजते तो शहर का रूप ही बदल गया। दुकानें, घर, दरवाज़े सब बन्द। एक अस्वाभाविक किस्म की स्तब्धता चारों ओर व्याप रही थी। लोगों में जितनी उत्तेजना थी, दिलों में भय की मात्रा भी उतनी ही थी। मुझे कुछ काम नहीं था इसलिए घर के नीचे तल्ले वाले कमरे में बैठा सिर्फ शराब पीता रहा।

"रात बहुत ही स्तब्ध एवं अस्वाभाविक लग रही थी। कभी-कभी बहुत

दूर से लोगों की चीख-पुकार सुनाई पड़ जाती थी।

"रहीम कभी-कभार ताड़ी पीता था, उस दिन उसने मुझसे मांगकर शराब पी।

"मैं अपना छोटा रेडियो ऑन कर खबरें सुन रहा था। कभी कलकत्ता की खबर, तो कभी ढाका की। उस वक्त तक भी उम्मीद थी कि प्रेसीडेण्ट की घोषणा की खबर शायद एनाउन्स हो जाए। तभी बाहर वाले दरवाज़े का कुंडा खटखटाया गया। पूरे ऑफिस के नीचे तल्ले तथा ऊपर तल्ले के सभी दरवाज़ों के कुंडों को खटखटाता हुआ कोई घूम रहा है। आखिर नीचे आकर आंगन में जो कमरा सामने था, उसीपर धक्का दिया उसने।

" 'कोई है ? कोई है ? सुनते हैं ?'

"हम अभी सोच ही रहे थे कि जवाब दें या नहीं कि तभी रहीम का रोएं-उड़ा हुआ कुत्ता भौंक उठा और उसी समय आंगन को घेरी हुई दीवार पर चढ़कर धम् से मिस्टर सेन भीतर कूद पड़े।

"मैं आश्चर्यचकित होकर बोल पड़ा, 'कौन, मिस्टर सेन ?'

"उन्होंने कहा, 'हां। क्या 'दिगंत' का एक भी व्यक्ति यहां नहीं है ?'

"मैंने कहा, 'नहीं, वे लोग तो काफी देर पहले निकले थे, और अभी तक नहीं लौटे हैं।'

" 'शहर में हर मोड़ पर मिलिट्री की पोस्टिंग हो गई है। गवर्नमेंट बिल्डिंग के सामने मिलिट्री का पहरा बैठा दिया गया है। ट्रक के ट्रक फौजी आ-जा रहे हैं। मिलिट्री जीपें घूम रही हैं। रंग-ढंग ठीक नहीं नज़र आते।'

" 'ठीक नज़र नहीं आते ? मतलब ? आप कहना क्या चाहते हैं ?'

"मेरी बात पूरी भी नहीं हुई थी कि शायद ट्रक जैसी ही भारी-भरकम एक गाड़ी अगल-बगल के खिड़की-दरवाज़ों को हिलाती हुई फर्राटे के साथ निकल गई।

"सेन दौड़कर दरवाज़े के पास जा खड़ा हुआ। चेहरा बाहर निकाल, झांककर देखने की कोशिश भी की, लेकिन शायद देख नहीं पाया। कुछ देर सोच में डूबा-सा दरवाज़े के कुंडे पर हाथ रखे वह खड़ा सोचता रहा।

"बाहर धड़धड़ाती हुई एक गाड़ी और निकल गई।

"इस बार सेन ने दरवाज़ा खोला। झुककर, बाहर सिर निकालकर, देखने की कोशिश की। तभी फिर एक गाड़ी निकल गई। इस बार आवाज़ से पता चल गया कि जीप थी। इधर-उधर चारों ओर से व्हिसिल बजनी शुरू हो गई, मानो कोई इशारा या निर्देश दिया जा रहा हो।

"सेन ने दरवाज़े पर ही खड़े-खड़े कहा, "यह क्या हुआ ?'

"जवाब आया एक बम फटने की आवाज़ में। उसके साथ ही फट्-फट्-फट्-फट् मशीनगन की आवाज़ गूंज उठी और राइफले भी चलने लगीं।

"अचानक सेन भागकर भीतर आया। शायद उसको दरवाज़ा बन्द करने की फुरसत भी नहीं मिली थी। अतः दरवाज़ा खुला छोड़कर ही भाग आया।

"उधर बाहर एक ट्रक आकर रुका।

"फट्-फट् आवाज़ करती बहुत-सी गोलियां चलीं। सेन ने मुझसे कहा, 'भाग चलो।'

"पीछे गली वाले रास्ते के अलावा और रास्ता ही कौन-सा था ?

"पीछे की ओर बहुत ही संकरी एक गली थी। पहले इस गली में मेहतर लोग सिर्फ गंदगी हटाने के लिए ही जाते-आते थे। अब थोड़ा सुधार हो गया था। पाइप लगा दी गई थी। सेन रहीम को उसी तरफ घसीटता हुआ ले चला और खिड़की के बहुत दिनों से बन्द दरवाज़े को तोड़कर बाहर निकल पड़ा। मैं भी उसके पीछे था।

"उधर 'दिगंत' ऑफिस के बाहर वाले दरवाज़े पर लातें पड़ने की आवाज़ें आनी शुरू हो गईं। दरवाज़ा तोड़ रहे हैं। कुछ सेकण्ड बाद ही दरवाज़ा टूटने की आवाज़ आई। और फिर भारी जूतों के शब्द। मकान के भीतर घूम-घूमकर उन्होंने देखा। गली में भी टॉर्च की लाइट फेंकी। हम गली के एक कोने में दुबके बैठे थे।

"उन लोगों ने 'दिगंत' ऑफिस के कागज़, फाइल तथा फर्नीचर में पेट्रोल छिड़ककर आग लगा दी और उसके बाद चले गए।

"हम गली में ही बैठे रहे।

"उस वक्त चारों तरफ गोलियों, गोलियों और सिर्फ गोलियों की ही आवाज़ सुनाई पड़ रही थी। मशीनगन तथा राइफल से जिधर मन होता है उधर

ही गोलियां छोड़े जा रहे हैं। कहीं भी ज़रा-सी रोशनी देखते ही गोली चला देते हैं। चीखें, चीखें और चीखें। लोग कराह रहे हैं, दुहाई दे रहे हैं, अल्ला, अल्ला, या अल्ला!

पता नहीं किस ओर से होकर नारकीय अंधेरे से घिरी रात की कालिमा छंटती जा रही थी, हमें पता ही नहीं चला। हम सब तो मानो गूंगे हो गए थे। हिलने-डुलने तक की ताकत नहीं बची थी। मैं विस्फारित नज़रों से सेन की ओर देखे जा रहा था, तथा उसी प्रकार सेन मुझे घूर रहा था। दोनों की पलकें तक नहीं झपक रही थीं, और दोनों की आंखों में एक ही प्रश्न तैर रहा था, 'यह क्या हुआ?'

"रहीम बेहोश हो गया था। उसके मुंह से धुर्र-धुर्र आवाज़ निकल रही थी। अचानक सेन ने कहा, 'अगर यह चिल्लाने की कोशिश करे तो कसकर इसका मुंह बन्द कर देना। मुख्य सड़क तक आवाज़ चली गई तो वे इधर आकर खोज करेंगे।'

"कुत्ता भी एक बगल पड़ा थर-थर कांप रहा था।

"उधर गोलियां उसी रफ्तार से चल रही थीं।

"व्हिसिल की आवाज़ चारों ओर गूंज रही थी।

"ट्रक आ रहे थे और जा रहे थे। एक मिनट का भी विराम नहीं था।

"मनुष्य रो रहे थे, कराह रहे थे—'बचाओ, बचाओ, बचाओ!'

"छोड़ दो, छोड़ दीजिए, छोड़ दीजिए!'

" 'दुहाई अल्ला की, कसम खुदा की!'

"और उसके बाद गोलियां चलतीं, ठांय-ठांय-ठांय-ठांय। लाइट मशीनगन, स्टेनगन आदि चलनी बन्द हो जातीं।

"एक बार तो लगा कि सचमुच ही थोड़ी देर के लिए यह सब बन्द हो गए हैं, यानी गोलियां चलनी बन्द हो गई हैं। लोगों का चलना फिर शुरू हो गया। उधर 'दिगंत' ऑफिस धू-धू जल रहा था। आंच यहां तक महसूस हो रही थी, फिर भी अब आग धीरे-धीरे बुझनी शुरू हो गई थी।

"सेन ने कलाई पर बंधी अपनी घड़ी देखी और बोला, रेडियम लगा है कांटों पर, जिससे पता चलता है कि तीन पर से कांटा आगे खिसक चुका है

यानी तीन तो बज ही चुके हैं।'

"लोग भूतों की तरह चल-फिर रहे थे। भारी बूटों की आवाज़ गूंज रही थी। मैं आहिस्ता-आहिस्ता थोड़ा आगे बढ़ा, तो सेन ने मना किया, 'नहीं, आगे मत जाइए।'

"रहीम की चेतना वापस लौट रही थी। वह हिचकियां ले-लेकर रो रहा था। मैंने सेन की बात पर ध्यान नहीं दिया और कभी घुटनों के बल चलता तथा कभी पेट के बल खिसकता आगे बढ़ता ही गया। गली के अंधेरे भाग में पेट के बल लेटकर सड़क की ओर देखा तो कहीं भी लाइट नहीं जल रही थी। घुप्प अंधेरी रात थी और उस अंधेरे में बहुत-सी टॉर्चों की रोशनियां घूम रही थीं।

"मैंने देखा कि चौराहे पर कितने ही मनुष्य मरे पड़े हैं। याहिया खां साहब के फौजी जवान उन लाशों को घसीट-घसीटकर ट्रक में भर रहे हैं। पांव में रस्सी का फंदा डालकर घसीट रहे हैं, मृत देह के प्रति ज़रा-सा भी आदर नहीं है उनके दिलों में। मैं स्तब्ध, विमूढ़-सा यह सब देख रहा था।

"लाशों से भर जाने पर ट्रक चला गया; लेकिन फिर भी कुछ लाशें पड़ी रह गईं।

"मेरे पैर को छूकर सेन ने मुझे सतर्क किया और कहा, 'पीछे लौट आइए। अब और आगे मत बढ़िए। रात खत्म होने को है। हम किसी भी समय नज़र में आ सकते हैं।'

"उसकी यह बात सुनकर मैं वापस लौट आया था।

"26 तारीख की सुबह। कौवे, कोयल, मुर्गे, पशु-पक्षी आदि हमेशा जिस प्रकार चहचहाते हैं, बोलते हैं, आज भी बोले।

"मैं कावर्ड (कायर) नहीं हूं, मिस्टर ऑफिसर! आपको पहले भी तो बता चुका हूं कि, बाघ के शिकारी के साथ सारी रात मचान पर अकेला बैठा रहा था। मैंने बाघ को मारा नहीं' लेकिन बाघ ने मेरे ही मचान पर छलांग लगाई थी। वह एक बाघिन थी। ज़फरुल्ला खां साहब ने थोड़ी देर पहले ही उसके बच्चे को मारा था। बाघिन थोड़ी देर बाद अपने बच्चों को ढूंढने आई, वह बड़ी भयानक और डरावनी दिखाई पड़ी।"

ऑफिसर ने कहा, "अपनी बात पर आइए। इधर-उधर की बातों से क्या फायदा?'

उसने कहा, "मुझे माफ करें, मैं बार-बार भूल जाता हूं। खुद पर पूरी तरह

कंट्रोल नहीं कर पा रहा हूं। फिर भी यह सब बेकार की बातें ही नहीं हैं मिस्टर ऑफिसर, अगर ऐसा होता तो आज मैं यहां जासूस के रूप में संदेहास्पद स्थिति में पड़कर कैफियत नहीं देता बल्कि किसी क्रिश्चियन मिशन में निरापद आश्रय पा सकता था। इस घटना के पश्चात् मैं यूरोप, अमेरिका या आस्ट्रेलिया भी जा सकता था, लेकिन मैं गया नहीं। मैं कावर्ड नहीं हूं। मैं भगोड़ा भी नहीं हूं। जो पिता मुझे असहाय एवं निराधार छोड़कर चला गया था उसके परदादा के देश के प्रति मेरे मन में किसी प्रकार का मोह नहीं था, और न अब है। लेकिन माई मदर, मेरी मां इसी देश की बेटी थी।"

"ओह, आपके दिल को ठेस लगी है मिस्टर.."

"मैं मिस्टर आर्मस्ट्रांग हूं, डेविड आर्मस्ट्रांग !"

"अगर मैंने आपके दिल को दुखाया है तो माफी चाहता हूं। लेकिन फिर भी इतना अवश्य ही कहूंगा कि कुछ ऐसे भी अप्रिय कर्तव्य हैं जिनके पालन करने में सेंटीमेंट्स (भावनाओं) को अछूता नहीं रख सकते। इसके बाद आपको जो भी कहना है, कहिए।"

मिस्टर आर्मस्ट्रांग ने कहा :

"कौवे-कोयल बोल रहे थे, मुर्गे बांग दे रहे थे, दो-एक कुत्ते भी भौंक रहे थे, लेकिन रोज़ जैसी स्वाभाविक आवाज़ में नहीं भौंक रहे थे। ऐसा लगता था मानो कुत्ते रो रहे हों, मानो रोते-रोते कुत्ते डर के मारे क्यें-क्ये कर उठते थे, और उन सबके बीच निस्तब्धता भंग करने के लिए कभी-कभी राइफल चलने की आवाज़ सुनाई पड़ती थी।

सेन की बातों से मुझमें सतर्कता जाग उठी थी। पीछे की ओर लौटकर गली के भीतरी मोड़ पर लौट आया मैं।

सेन ने कहा, 'अब गली में रहना ठीक नहीं है। मकान के भीतर चलिए; अच्छी तरह देख-भालकर छिपने लायक कोई जगह ठीक कर लें।'

उधर उस समय तक 'दिगंत' अखबार के ऑफिस में लगी आग बुझने लगी थी। नल से पानी गिर रहा था, केवल उसकी ही आवाज़ हो रही थी।

पानी गिरने की आवाज़ सुनकर महसूस हुआ मानो गला प्यास के मारे सूखकर काठ हो गया हो।

ओक बनाकर नल से पानी पी लिया मैंने। मेरे पीछे आया रहीम। वह भी पानी-पानी करता ही आया था।

सेन भी पास खड़ा था। पानी भरने के लिए उसके हाथ में शराब की बॉटल थी। उसने कहा, 'बॉटल में पानी भरकर नल बन्द कर देंगे। पानी गिरने की आवाज़ सुनकर वे लोग सोचेंगे कि घर में कोई है।'

सेन ने दरवाज़ा बन्द नहीं करने दिया। बोला, 'नहीं, अगर ऐसा करेंगे तो उनको शक हो जाएगा कि भीतर कोई है। खुला ही रहने दो।'

हमने वापस उसी घर में आश्रय लिया। बहुत ही सतर्कतापूर्वक आड़ तैयार की। उसके बाद मैं रहीम को कमरे के भीतर ले गया। उसने जकड़कर मुझे पकड़ लिया था। रहीम के कुत्ते को भगा देने की कोशिश की, लेकिन सफल नहीं हुआ। वह पाखाने के भीतर जाकर बैठ गया।

सेन के पास खाने को था। मेरे कमरे में भी कुछ बिस्कुट पड़े थे, थोड़ी-सी चीनी तथा पिछले दिन की बासी दो रोटियां भी पड़ी थीं।

हमने उसे ही खा-पी लिया। सेन के पास दो पावरोटी, कुछ बिस्कुट एवं कुछ लॉजेन्स थीं। सेन लॉजेन्स खाता है। हरदम पास रखता है।

सुबह हो आई थी, लेकिन कमरे में गहरा अंधेरा था। खिड़की के कई जोड़ों, सुराख तथा छिद्रों में से प्रकाश की रेखाएं भीतर आ रही थीं।

आहिस्ता-आहिस्ता जाकर मैंने एक छिद्र से आंख लगाई।

बहुत छोटे तो नहीं, बल्कि मंझले साइज़ के एक चौराहे पर मेरा मकान था।

चौराहे का एक लम्बा हिस्सा वहां से दिखाई पड़ रहा था।

हे ईश्वर !

धूल में सने खून की मोटी परत पिच की काली सड़क पर जम गई थी। उस समय भी वहां लाशें पड़ी थीं। पन्द्रह-बीस शव तो अवश्य ही होंगे। हाथ-पैर पसारे पड़े थे। मरने वाले कई मुद्राओं

में मरे पड़े थे। कोई औंधा पड़ा था तो किसीका सिर ड्रेन के अन्दर लटक

रहा था और दोनों पैर ऊपर उठे हुए थे। कपड़े भी खून से लथपथ हो लाल दीख रहे थे, और अब उनपर सूर्य का प्रकाश पड़ रहा था।

अचानक कहीं दूर पर व्हिसिल बज उठी; और साथ ही चौराहे पर भी सीटियां बजनी शुरू हो गई। खिड़की के उस छिद्र से दिखाई नहीं दे रहा था कि व्हिसिल का जवाब देने वाले कहां खड़े हैं।

दूर से मिलिट्री ट्रक की आवाज़ आई।

साथ ही फिर से धूम-धुम, फट-फट-फट-फट आवाज़ें आनी शुरू हो गईं।

मशीनगनें, राइफलें चलने लगीं। ग्रेनेड छूटने शुरू हो गए।

सेन ने कहा, 'फिर शुरू हो गया। इधर आ जाइए।'

गलत नहीं कहा था सेन ने। ऊपर तल्ले पर 'दिगंत' ऑफिस की दीवार पर बुलेट लगी आकर। झर-झर करके पलस्तर झरने लगा। बम फटने की आवाज़ से बड़े-बड़े ढेले खिसक-खिसककर गिर रहे थे मकानों से। एक तल्ले के जिस हिस्से में हम थे उसीकी छत के कंगूरे से आकर एक गोली टकराई। रहीम डर के मारे ऊं-ऊं कर कांप उठा।

हा-हा हो-हो कर कुछ लोग हंस रहे थे। हंसी के साथ मोर्टार की आवाज़ भी सुनाई पड़ रही है। खां साहब के सैनिक हंस रहे हैं।

मैं वहां से खिसक आया।

रहीम बोला, 'साहब !'

मैंने कहा, 'चिल्ला मत, रहीम ! बन्दूक की आवाज़ सुनाई नहीं पड़ती जो रो रहे हो ?'

रहीम अपराधी की तरह बोला, 'या अल्ला !'

मैंने कहा, 'क्या कह रहा है, रहीम ? धीरे बोल।' मैंने उसे डांटा नहीं, गुस्सा भी नहीं किया उसपर। बस, धीरे बोलने को कहा ताकि बाहर कोई सुन न ले।

'साहब, क्या आज फजर (सुबह) नहीं होगी ?'

'कैसी बात करते हो ? फजर तो हो चुकी है।'

'हो गई तो यह सब बन्द क्यों नहीं हो रहा ?'

'कौवे, कोयल, मुर्गे आदि बोल रहे हैं, तुम्हें सुनाई नहीं पड़ता ?'

'तो फिर अब भी इस तरह कराहने की आवाज़ें क्यों आ रही हैं ?'

'मनुष्यों को मार रहे हैं, रहीम ! जिसे पाते हैं उसे ही गोली से उड़ा देते हैं।' रहीम रो पड़ा। सेन ने अपने हाथ से उसका मुंह भींचकर कहा, 'चुप !'

गोली फिर चलनी शुरू हो गई। ग्रेनेड और लोगों की चीख-पुकार माहौल में गूंजने लगी।

एकाएक सेन बोला, 'अगल-बगल के घरों के दरवाज़ों को तोड़-तोड़कर भीतर घुसकर देख रहे हैं। देख ही नहीं रहे बल्कि गोली मार रहे हैं। मारते हैं। लूटते हैं। हे भगवान !'

बोलते-बोलते हठात् सेन चुप हो गया और फिर बोला, 'हे भगवान !'

मैंने पूछा, क्या हुआ ?'

'घरों में से घसीट-घसीटकर लड़कियों को बाहर निकाल रहे हैं। सीने पर का कपड़ा खींच-खींचकर फाड़ रहे हैं। हाय ! नंगी कर-करके खड़ी कर रहे हैं।'

मैं आगे बढ़ा, बोला, 'एक बार यहां से खिसकिए; ज़रा देखूं तो किसके घर का सत्यानाश किया जा रहा है।'

हमारे पड़ोस में हिन्दुओं के तीन घर थे। प्रायः उनकी सभी लड़कियों को मैं पहचानता था। छाया से उनकी जान-पहचान थी। खिड़की के एक छिद्र में आंख सटाकर जो बाहर का दृश्य देखा तो मैं सिहर उठा। वह एक प्रकार का निष्ठुर आतंक था। भयंकर से भी भयंकर नज़ारा था। एक प्रकार की नारकीय पैशाचिकता थी।

ऐसा लगा मानो प्रेतों के झुंड ने प्रेत-ताण्डव शुरू कर दिया है। मानो नरक के अंधियारे पर सूर्य रोशनी डालकर वहां घटने वाले नारकीय कर्मों को दिखा रहा है।

अठारह, बीस या बाईस-तेईस लड़कियां, पूर्णतः नग्न या अर्द्धनग्न अवस्था में अपनी देह को अपनी ही देह में सिकोड़कर किसी प्रकार ढकने का असफल प्रयत्न कर रही थीं। कुछ लड़कियां छीनकर फाड़े हुए कपड़े में से ही मुट्ठी में रह गई चिन्दी को दोनों हाथों में थाम छाती पर ढके हुए थीं। सबसे बीभत्स दृश्य तो तब देखने को मिला जब एक पिशाच एक लड़की को रास्ते पर ही पटककर उसके कपड़े फाड़ रहा था और लड़की चिल्ला रही थी; उस

वक्त वह पिशाच उसके मुंह पर थप्पड़ लगाता था। एक और पिशाच ने पूर्ण नग्न एक लड़की को लात मारकर सड़क पर पटक दिया और फिर उसपर बुरी तरह टूट पड़ा।

और भी कई लड़कियां थीं जो पूर्णतः नग्न थीं। उनके सिर के बाल अस्त-व्यस्त एवं खुले हुए थे। यथासम्भव वे दुहरी हो अपने-आपमें सिमटती, अंगों को ढकती, प्राणों की भीख मांग रही थीं। एक लड़की घुटने टेककर हाथ जोड़कर उनसे विनती कर रही थी। मुझे यहां तक सुनाई दे रहा था। वे कह रही थीं, 'तुम लोगों के पांव पड़ती हैं। हमें छोड़ दो। अल्ला की दुहाई है।'

उधर से दो राक्षस दौड़े आए और उनपर पिल पड़े।

मैं अपने बालों को दोनों हाथों से नोचता हुआ किसी जानवर की करुण मूक चीत्कार की तरह चीख पड़ना चाहता था।

उसी वक्त मिस्टर सेन ने मेरी पीठ पर हाथ रखा।

मैंने उनकी ओर ताका तो मिस्टर सेन ने कहा, 'इधर आ जाइए। भूल जाइए कि आप ज़िन्दा हैं। आंख बन्द कर, कानों में अंगुली डाल, मुंह को भींचे, खामोश पड़े रहिए।'

मैंने कहा, 'नहीं, मैं बाहर निकलकर, जिसे सामने पाऊंगा, मार डालूंगा। उसके बाद अगर वे मुझे मार भी डालें तो कोई बात नहीं।'

सेन ने कहा, 'नहीं।'

'लेकिन, सच कहता हूं, मैं पागल हो जाऊंगा।'

'तो क्या मैं पागल नहीं हो रहा हूं ?'

अचानक मेरे मन में वहां से भाग जाने का खयाल आया। 'चलिए, हम भाग चलें।'

'भाग चलें ?'

'हां। यहां रहकर भी तो मरना ही पड़ेगा।'

हम दोनों एक-दूसरे का मुंह ताकते बैठे रहे। लेकिन किस रास्ते से होकर भागें यह हमारी समझ में नहीं आ रहा था। एक प्रकार के डर, एक प्रकार की असहाय दुर्बलता में मानो हम डूबते जा रहे थे।

इसी बीच अचानक बाहर आंगन में भारी बूटों की आवाज़ सुनाई पड़ी।

चार-पांच लोगों के एकसाथ चलने से होने वाली भारी जूतों की आवाज़।

खट-खट शब्दों से हमारी आत्मा को दहलाते वे कुछ देर घूमते रहे। हम सांस रोके बैठे रहे। सेन ने रहीम का मुंह भींच रखा था। रहीम अंधा ही था करीब-करीब। एक आंख तो बिलकुल ही नहीं थी और दूसरी से बहुत कम दिखाई पड़ता था। उसकी एक आंख की वह दृष्टि मैं कभी नहीं भूल पाऊंगा। सेन ने झुककर उसके कान के पास मुंह ले जाकर कहा था, 'चुप।'

रहीम बिलकुल शांत-स्थिर पड़ा था। हिला भी नहीं।

अचानक उनमें से एक डरकर चिल्लाया, 'आय बाप, ऊ का ? (बाप रे, वह क्या है ?)'

'सांप।'

'नहीं।'

रहीम कल ही अपने रोएं-उड़े कुत्ते के रोग को मिटाने के लिए कहीं से सांप की केंचुल उठा लाया था। वह मुंडेर पर झुलाकर रखी हुई थी। वही केंचुल पता नहीं कब हमारे कमरे के सामने आ गिरी थी।

लेकिन सांप की केंचुल थी बहुत बड़ी।

हमने कमरे के भीतर बैठे-बैठे सुना, तीन-चार जने समवेत स्वर में बोल उठे, 'अरे बाप !'

'इतना बड़ा !'

'कहां है?'

'कौन जाने ?'

इसी तरह बोलते-बतियाते वे बिलकुल हमारे कमरे के सामने आ खड़े हुए और बोले, 'बिलकुल अंधेरा है।' एक पांव चौखट के भीतर भी पड़ा। पता नहीं किसने कहा, 'नहीं जी, यहां तो कोई नहीं है।'

और उसी वक्त टॉर्च की रोशनी पड़ी कमरे में। रोशनी तीनों ओर की दीवारों पर घूम गई। एक बोला, 'टूटी-फूटी चीज़ें वीज़ें...

दूसरे ने बीच में ही टोककर कहा, 'बरबाद हो गईं सब।'

किसी और ने कहा, 'यह तो अखबार का ऑफिस है। इसको तो पूरा जला

दिया गया था। इसके आदमी ज़रूर भाग गए होंगे।'

'कहां जाएंगे ? रास्ते में ही खत्म हो गए होंगे।'

एक ने कहा, 'धत्...कोई औरत ही नहीं मिली।'

'चलो, चलो।'

दुबारा सब तरफ टॉर्च घुमाकर देखा उन्होंने। हम बहुत सारे लोहे-लक्कड़ के टूटे-फूटे सामान के नीचे मृत की तरह पड़े थे।

उनके चले जाने के बाद तक भी हमने आपस में एक भी बात नहीं की। हमें यों महसूस हुआ मानो हम गूंगे, बहरे और अंधों के सदृश, पक्षाघात के रोगियों की तरह, अनन्त काल से इसी अवस्था में पड़े हुए हों।

अचानक फिर गोली की आवाज़ आई, लेकिन उससे भी अधिक शोर लड़कियों के गले से निकली, चीख-पुकार और आर्तनाद से मच रहा था।

वे चीत्कार कर रही थीं। वह सब बड़ा दर्दनाक था। किसी प्रकार का कोई शब्द नहीं, सिर्फ चीख। इससे पहले भी वे चीखी थीं, जब वे जंगली...मैं आपसे बता चुका हूं जो हुआ।

उस समय सोचा था, बस यह लास्ट है। इससे आगे होने को कुछ भी नहीं है।

लेकिन नहीं। इससे भी अधिक होने को था। हम कल्पना भी नहीं कर सकते थे। इस बार उन्होंने गोली मारकर तथा बायोनेटिंग करके (संगीन घुसेड़कर) उन औरतों की हत्या कर दी।

रहीम ने पूछा, 'साहब, क्या हो रहा है ? साहब ? साहब ?'

सेन ने उसके मुंह पर एक चांटा लगाकर कहा, 'मैं तुम्हें जान से मार डालूंगा, रहीम ! नहीं तो चुप बैठा रह।'

उसके बाद हम दिन-भर निस्पंद-निर्जीव की तरह पड़े रहे थे। बीच-बीच में ऊंघ भी रहे थे। थोड़ी देर को झपकी भी आई थी। फिर से गोली की आवाज़ और मोर्टार तथा तोपों की गड़गड़ाहट सुनकर चौंक पड़े थे। एक-दूसरे के मुंह की ओर देखते रहे थे। कुछ बोलने की ताकत नहीं बची थी। शब्द ही नहीं मिल रहे थे। पूरे दिन में सूखी रोटी और ज़रा-सी चीनी के अलावा कुछ भी नहीं खाया था। लेकिन हमें कष्ट खाना नहीं मिलने से नहीं हो रहा था बल्कि कष्ट था तो 'ड्रिंक' की कमी के कारण। थोड़ी शराब होती तो बदन में ताकत आती। शराब से भी

अधिक तकलीफ सिगरेट-बीड़ी के अभाव से हो रही थी। रहीम अफीम खाता था। उसके पास ज़रासी अफीम थी जिसे वह 25 तारीख की रात से 26 तारीख की शाम तक खाकर हाफ-ए-स्लीप (अर्धसुप्त) की तरह अंघ रहा था।

बाहर शहर-भर में मिलिट्री व्हीकल्स (वाहनों) के चलने की आवाज़ें आ रही थीं। लाइट मशीनगन, हैवी मशीनगन, ऑटोमेटिक राइफल, मोर्टार आदि चल रहे थे।

टैंक चलने की आवाज़ भी आ रही थी। लम्बी खटर-खट्ट, खटर-खट्ट की आवाज़ थी जिसे सुनकर शरीर सिहर उठता था। मस्तिष्क आर्तनाद कर उठता था। हाथों से मुंह भींचकर बड़ी मुश्किल से रुलाई को रोके रखा मैंने।

सेन एक बार रोए थे।

मैंने पूछा था, 'आप रो रहे हैं ?'

सेन ने कहा, 'हां, अचानक लड़के, लड़की और पत्नी की याद हो आई। मुझे लगता है अब उनसे कभी मुलाकात नहीं होगी। ये हमें अब यहां से निकलने ही नहीं देंगे।'

उन्होंने मुझसे पूछा, 'आपका अपना कोई नहीं है?'

मैंने कहा था, 'नहीं।'

"रात प्रायः खत्म होने को थी।

हां, 26 मार्च की रात का अन्तिम प्रहर था। सेन ने अपनी घड़ी देखकर बताया था कि दो बजे हैं। थोड़ी देर के लिए मानो सभी कुछ शांत हो गया था। इन दो दिनों में मनुष्य मानो पागल हो उठा था। सिर्फ दो घण्टे या डेढ़ घण्टे के लिए विराम आया था। बीच-बीच में दो-एक और कभी-कभी लगातार तीन-चार शॉट की आवाज़ें आ रही थीं।

सेन ने अंधेरे में ही घड़ी देखकर बताया था कि दो बजे हैं।

मैंने कहा, 'अब शायद रुक गया है।'

मेरी बात समाप्त होने के पहले ही, एक के बाद एक, दो बार राइफल से गोली चलने की आवाज़ आई। हमारे ही सदर दरवाज़े पर एक बुलेट आकर टकराई और बाहर कुछ गिरने जैसी आवाज़ हुई जिसके साथ ही साथ एक चीख सुनाई पड़ी। दरअसल उसे सचमुच की चीख भी नहीं कह सकते। ऐसा लगा,

'आह' बोलकर रहीम बिलबिला उठा हो। काना रहीम पता नहीं कब हमारी आंखों में धूल झोंककर, थोड़ी देर की शांति के आधार पर भरोसा कर, बाहर निकल पड़ा था। कहीं भाग जाने की फिराक में घुटनों के बल खिसक रहा था। वह एक आंख से कुछ-कुछ देख सकता था, अतः बाहर निकल पड़ा था और हमें पता ही नहीं चला। उस रात सड़क पर उजाला था। मिलिट्री के लोगों ने अपनी गरज से ही लाइटें जला रखी थीं। रात के शान्त होने का आभास पा तथा उजाले का भरोसा कर ज्योंही रहीम बाहर निकलकर दरवाज़े के सामने से आगे बढ़ा त्योंही दो ओर से दो राइफलें गरज उठीं।

रहीम गिर पड़ा। रहीम का कुत्ता भी शायद उसके साथ बाहर निकलने के लिए भौंकने लगा था। साथ ही और एक गोली चली। बस, फिर सब निस्तब्ध हो गया।

यही नहीं, उसके बाद बूट पहने भारी कदमों की आवाज़ें हमारे आंगन में आकर रुकीं और वहां खड़े-खड़े उन्होंने कई गोलियां छोड़ीं। दीवारों के पलस्तर उखड़कर गिरने लगे। दो बुलेट, हम जिस कमरे में छिपे हुए थे, उसकी दीवार से भी टकराईं। मकान में चारों ओर फिर ढूंढा उन्होंने। पाखाना, बाथरूम, पानी भरने का सूखा हौद, कोयले रखने की कोठरी आदि सब ढूंढ़ लिए, लेकिन सांप की केंचुल देखकर हमारे कमरे में नहीं घुसे। गाली बकते हुए बाहर चले गए।

'कुछ नहीं है घर में। न कोई माल-असबाब, न आदमी, न कोई औरत।'

कोई दूसरा बोला था, 'छोकरी, छोकरी ! बंगाल की छोकरी, काली-काली, लेकिन अच्छी-अच्छी।'

हम तो मानो गूंगे हो गए थे। हम सोच रहे थे —'इसके बाद ?'

मैं सोच रहा था कि मैं यहीं से चिल्लाकर बोलूं—मैं बंगाली नहीं हूं ! मैं हिन्दू भी नहीं हूं, मुसलमान भी नहीं हूं। मैं क्रिश्चियन हूं। मैं पाकिस्तानी क्रिश्चियन हूं। मुझे जाने दो।

अचानक सेन उठ खड़ा हुआ। मैंने पूछा, 'क्या बात है ?'

सेन ने कहा, 'भागूंगा। यहां जीवित रहना असंभव है।'

मैंने पूछा, 'कहां जाएंगे ?'

'ढाका से बाहर, शहर से दूर, चाहे जहां भी हो।'

फिर मेरे मुंह की ओर देखकर पूछा, 'आप क्या करेंगे ?'

'कुछ सोचा नहीं। सोचने-विचारने की इच्छा भी नहीं हुई। कल और आज के इस रक्तपात-भरे प्रेत-ताण्डव के बीच, बीभत्स एवं भयानक दो रातें और पूरा एक दिन इन तिलचट्टों, चूहों तथा कीड़ों-मकोड़ों से भरी कोठरी में सांस रोके व्यतीत करते हुए कहीं दूर भागने की सोचने-विचारने की शक्ति आएगी भी कहां से ? और कैसे ?'

सेन ने कहा, 'इन सबके बीच ही निकलना पड़ेगा; नहीं तो। मरना पड़ेगा। इतने लोग मर गए, फिर हमें ही मरने से इतना डर क्यों लग रहा है? रिस्क लेकर निकल पड़ना होगा। और निकल पड़ना भी घंटा-भर के भीतर ही है, यानी सुबह होने से पहले।'

हम अपनी योजना में सफल हुए थे।

तीन बजे के बाद वह वक्त आया था, शायद प्रेत-नृत्य करते-करते वे भी थक गए थे। यह पूरा इलाका ही मृत इलाका जैसा लग रहा था। जिन घरों को लूटना था उनको लूट चुके थे। आग लगाना भी बाकी नहीं था। इन सब घरों की लड़कियों का भी शायद कोई अवशिष्ट नहीं रहा था।

उस समय भी दो-चार लाशें इधर-उधर पड़ी थीं। इसलिए अब उनके लिए और कुछ करने को था ही नहीं। हां, दूर से मशीन गन चलने की आवाज़ आ रही थी। हवा में आग की आंच महसूस हो रही थी। इसी बीच रात तीन बजे के बाद एक लारी आकर खड़ी हुई। हम सिहर उठे। अब फिर नये सिरे से शायद ताण्डव शुरू होगा। हे ईश्वर !

आतंकित हो विस्फारित नेत्रों से सेन ने आगे बढ़कर खिड़की के छिद्र से आंख सटाई। मैं सांस रोककर उसके पीछे बैठा रहा। करीब दो मिनट बाद ही गाड़ी वापस जाने की आवाज़ आई। सेन खिड़की के पास से हटकर सीधा दरवाज़े से बाहर निकल गया।

मैं उसके पीछे-पीछे गया और पूछने लगा, 'मिस्टर सेन ? सेन ? सेन ?'

सेन ने सिर्फ इतना कहा, 'चुप ! चुप ! चुप रहिए ! चुप !'

सदर दरवाज़ें से झांककर उन्होंने बाहर देखा। देखकर लौट आए और मुझसे बोले, 'चलिए। यही चान्स है। किसी भी क्षण गाड़ी वापस आ सकती

है।' कहकर अपना एक बैग और एक थैला उठा लिया। मैंने भी चौबीस घंटे साथ रहने वाला अपना थैला उठा लिया और एक हैण्डबैग भी ले लिया।

सेन ने कहा, 'भारी सामान मत लीजिएगा।'

हम सडक पर निकल आए। सड़क पर लाइटें जल रही थीं। इधर-उधर डेड बॉडीज़ पड़ी थीं। लड़कियां तथा पुरुष। लड़कियां कम थीं। गली में दो नारी-देह नग्न पड़ी थीं। गोली द्वारा मारी गई थीं। मजबूर होकर बगल से गुज़रना पड़ा। मृत देह आकाश की ओर ताक रही थीं।

हम गली-गली होकर चल रहे थे। बीच-बीच में बड़ी सड़क के इस पार से उस पार जाकर फिर गली में घुस जाते। बड़ी सड़क पर कहीं मृत देह पड़ी थीं तो कहीं खून, और कहीं सड़क-किनारे के मकान जल रहे थे।

हमें यह पता नहीं था कि हम कहां चल रहे हैं। दिमाग में गड़बड़ मच रही थी। जिस पुरानी पृथ्वी, शान्त पृथ्वी, विश्वास की पृथ्वी, निरापद पृथ्वी से अब तक हमारा परिचय था, वह पृथ्वी पता नहीं कहां खो गई थी।

सेन जल्दी-जल्दी डग भरता हुआ चल रहा था। मैं भी तेज़-तेज़ चल रहा था।

अपना समय होते ही कौवे, मुर्गे, कोयल आदि बोलने लगे।

सेन ठिठक गया, पूछा, 'बताइए तो हम किस स्थान पर हैं ?'

'पुराने शहर का कोई हिस्सा है।'

सायं-सायं कर रहा था वह स्थान। इधर रोशनी भी नहीं थी, यानी सड़क पर लाइट नहीं थी। सुबह के वक्त भी गहन अंधेरा था। उसी अंधेरे में ही लोगों के चेहरे दिखाई पड़ने शुरू हुए। गली में से मनुष्यों के चेहरे झांकते दीखे। भयभीत चेहरे। दो-चार बाहर भी निकले, लेकिन फिर भीतर घुस गए। फिर निकल आए। उनकी बगल में पोटलियां तथा सिर पर सामान का गट्ठर था। वे लोग भी भाग रहे थे।

शायद स्थान था बूढ़ी गंगा के आसपास का। घाट पर नौका में बैठ उस पार उतरेंगे, उसके बाद ज़िसको जिधर राह सूझेगी उधर चले जाएंगे।

घाट पर झुंड तथा दलों के रूप में लोग इकट्ठे हो रहे थे।

कहीं ज़रा-सी भी आवाज़ होती तो सब चौंक उठते। लड़कियां और

औरतें रो रही थीं।

सेन ने मुझसे पूछा, 'आप कहां जाएंगे ?'

मैंने कहा, 'तय तो किया नहीं है। किसी मिशन में जाने का खयाल न आया हो, ऐसी बात नहीं, पर वहां भी जाने का मन नहीं करता।'

सेन बोला, 'आपने शायद गलती की। मुझे भी ध्यान नहीं रहा।'

'क्या ?' मैं समझा नहीं कि सेन क्या कहना चाहते थे।

सेन ने कहा, 'आप हम लोगों की तरह क्यों भाग रहे हैं? आपके लिए तो किसी प्रकार की आशंका का कोई कारण है नहीं। आप हिन्दू नहीं हैं, इस देश के मुसलमान भी नहीं हैं।'

मैंने कहा, 'मिस्टर सेन, इससे बेहतर तो मर जाना है। मेरी मां बंगाली थी तथा मैं क्रिश्चियन हूं। जानवरों का मित्र बनकर उनसे प्राण बचाने की ख्वाहिश भी नहीं है। इससे तो बेहतर होगा कि मैं किसी क्रिश्चियन मिशन में जाकर आश्रय ले लूं। वे मेरी रक्षा करेंगे।'

'हां, यह ठीक रहेगा। आपने ऐसा सोचकर बहुत अच्छा किया है।'

लेकिन नदी के उस पार पहुंचते ही सब गड़बड़ हो गया। इस लड़की के साथ बड़े विचित्र ढंग से सम्बन्धित हो गया।"

उस कमरे की ओर संकेत करके ऑफिसर ने कहा, "उसके साथ ?"

"हां। नजमा के साथ। रहीम की लड़की नजमा। आश्चर्यजनक काली लड़की है नजमा। इसलिए दो-अढ़ाई साल बाद देखने पर भी उसको पहचानने में मुश्किल नहीं हुई।

असंख्य लोग, जिनमें अधिकतर गरीब एवं मध्यवर्गीय हैं; दल के दल ढाका छोड़कर भाग रहे हैं। इनके मोहल्ले में याहिया खां के मिलिट्री दल ने हल्ला बोल दिया है। मोहल्ले जल रहे हैं। हैवी मशीनगनों की गोलियों से तथा मोर्टार से मकान गिर रहे हैं। जो भी सामने पड़ जाता है। गोली से मारा जाता है। लड़कियां और औरतें भी मर रही हैं। लेकिन उनका दुर्भाग्य इससे भी बहुत अधिक है। चरम लांछना के बाद पेट या छाती में बायोनेट

भोंक दिए जाते हैं। बच्चों को बायोनेट में घोंपकर हवा में उछाल-उछालकर खिलवाड़ कर रहे हैं। जो बच गए हैं वे भाग रहे हैं। ढाका में कुछ भी नहीं रहा। यूनिवर्सिटी को तोप-मोर्टार द्वारा ध्वंस कर डाला। प्रोफेसरों के हर क्वार्टर पर हल्ला बोल उनको बाहर घसीट-घसीटकर गोली मार दी। गर्ल्स होस्टल से लड़कियों को घसीटकर ट्रकों में भर-भरकर ले गए तथा उनकी आबरू लूटकर गोली मार दी। बंगाली सेना, बंगाली ई० पी० आर० के बैरक पर 25 तारीख की आधी रात को धावा बोलकर बिना आगा-पीछा सोचे उन्हें गोलियों से भून दिया गया। अवामी लीग के लीडरों के मकानों पर टैंक चला दिए जाएंगे, ऐसी खबरें सुनी जाती हैं। अवामी लीग के लोग भी तैयारी कर रहे हैं। वे लड़ेंगे।

मैं सब कुछ सुन रहा था। सेन भी वहीं खड़ा था। ढाका से बाहर आकर उन्होंने विचार बदल दिया है। वे लड़ाई देखेंगे। उस मकान में छिपे-छिपे हमें पता नहीं चला था कि प्रतिरोध उत्पन्न हो गया है। समझ नहीं सके थे कि अभी भी पृथ्वी पर श्वास लेने लायक हवा बची है। खून से तर मनुष्य की मृत देह तथा पैरों से रौंदे हुए खून से भीगे पथ के अलावा भी देखने को कुछ बचा है। नदी के इस पार आकर यकीन आया कि, है।

इसी बीच सेन ने तय कर लिया कि वे चटगांव, कुमिल्ला होते हुए मैमनसिंह की ओर जाएंगे।...मैं सोच रहा था कि उनके साथ जाऊं या नहीं !

हठात् 'भाई साहब' कहकर दहाड़ मारकर रोती हुई कोई लड़की मेरे पांवों में आकर गिर पड़ी।

'कौन ?' मैं चौंक उठा। देखा, एक अद्भुत काली लड़की थी। वह मेरे मुंह की ओर एकटक देख रही थी। उसकी बड़ी-बड़ी आंखों से अश्रुधारा बह रही थी। सिर के रूखे एवं उलझे बाल चेहरे पर बिखरे पड़े थे। गोद में एक शिशु सो रहा था। वह मेरे सामने खड़ी रो रही थी। उसकी ओर देखते-देखते अचानक मुझे ध्यान आ गया कि यह काली लड़की कौन है।

यह तो रहीम की लड़की है, नजमा !

छाया रहीम को 'रहीम चाचा' कहती थी।

रहीम भी छाया को बेटी कहा करता था। नजमा को छाया नजमा ही कहा

करती थी तथा नजमा छाया को दीदी कहती और मुझे कहती भाई साहब।

उस वक्त अनायास ही मेरे मुंह से उसका नाम निकल पड़ा था, जिसमें गहरे आश्चर्य का पुट था। मैं बोला, 'नजमा !'

नजमा हू-हू करके बुरी तरह रो पड़ी।

"नजमा का पति गोली से मारा गया था। एक बस्ती के छोटे-से घर में उनका 'बासा' था, वह जलकर राख हो चुका था, फिर भी अपने लड़के को छाती से चिपकाए उस हिंसक अंधकार में भी मकान से निकलकर वह किसी तरह नदी-किनारे पहुंच गई थी। उसका लड़का बच गया तथा वह बच गई, लेकिन उसका पति मारा गया। कल सारे दिन वह नदी के किनारे ही छिपी रही थी। रात को जाकर देख आई थी कि आंगन में उसके स्वामी का शव पड़ा था। नजमा ने बताया कि छाती की तरफ से लगी गोली पीठ की ओर निकल गई थी। खून बहकर उसके चारों तरफ जम गया था।

वह फफक-फफककर रोने लगी।

फिर बोली, 'मैं किसके पास जाऊं ? कहां जाऊं ? भाई साहब, आप ही बता दीजिए।'

कुछ ही घण्टों पहले रहीम गोली खाकर मर चुका है, यह बात मैं किसी भी तरह उससे नहीं कह पाया। उसके प्रश्न का भी कोई जवाब नहीं ढूंढ़ पाया। उसका मैं क्या करूं, क्या नहीं, समझ में नहीं आ रहा था।

तब सेन ने कहा, 'भाई डेविड, मैं ईश्वर को मानता तो नहीं' लेकिन इस वक्त कहना पड़ेगा कि ईश्वर ने ही इसे तुम्हारे कंधों पर लाद दिया है और तुम्हारे लिए और कोई रास्ता नहीं है।'

मैं भी उस वक्त ठीक यही सोच रहा था। किसी क्रिश्चियन में ईश्वर के प्रति जैसा विश्वास होना चाहिए वैसा विश्वास मुझमें नहीं था। बहुत दिनों से मैं चर्च भी नहीं गया था। इस बार लौट कर जब ढाका आया था तब सिर्फ एक बार गया था। उसके कई महीनों पहले से मैंने चर्च जाना बन्द कर दिया था, क्योंकि तब मैं नौका में घूम रहा था।"

एकाएक वह व्यक्ति अंग्रेज़ी में बोलने लगा, " यू सी, आइ एम नाट ए

सेण्ट (मैं साधु नहीं हूं)। दूसरों की तरह मैं चीज़ों में विश्वास नहीं करता।

नजमा की उस करुण भिक्षा के मैं कई अर्थ निकाल सकता था, लेकिन मैंने वैसा कुछ भी नहीं किया। कर नहीं सका। मुझे यह पसंद नहीं था। शायद उस वक्त मैं दूसरा ही व्यक्ति था।

इसके अलावा, ढाका से बाहर तथा नदी के इस पार पहुंचकर मुझे महसूस हुआ था कि पुरानी पृथ्वी का नामोनिशान एकदम से ही नहीं मिट गया है। इसलिए सेन की बात सुनकर मुझे लगा कि यही बात तो मैं खुद अपने दिल से कहने वाला था। उस क्षण, ढाका से बाहर नदी के इस पार खड़े हुए मैंने सोचा भी नहीं था कि इस अत्याचार के विरुद्ध समूचे देश में ही आग धधक उठेगी, सारा देश विक्षुब्ध हो उठेगा।

सेन ने मुझसे कहा, 'तो फिर मैं तो चला भाई ! तुम एक काम करो, कुछ दिनों के लिए एकदम इण्टीरियर (देहात) में चले जाओ। अगर हो सके तो इसे किसी मेहनत-मज़दूरी के धंधे में लगा देना, जिससे यह अपना तथा अपने बच्चे का पेट भर सके, तब तक तुम भी अपना काम करते रहना। अपने स्क्रू-ड्राइवर तथा टेस्टर आदि औज़ार तो साथ लाए हो न ?'

सेन चले गए। मैंने भी सोच-विचारकर नदीके किनारे-किनारे चलना शुरू किया। मैं ग्वालन्दा की ओर जा रहा था।

मेरे पास कुछ रुपया था। करीब ढाई हज़ार।

धन की मुझे कोई चिन्ता नहीं थी। चिन्ता थी तो बस नजमा की ही थी।

यह एक अद्भुत काले रंग की लड़की है और वैसा ही अद्भुत है इसका छोटा-सा चेहरा। मानो एक बालिका युवती हो। थोड़ी देर इसकी ओर देखने से ही आपकी नसों में खून उबलने लगेगा। इसका यौवन छलका पड़ता है।

मुझ जैसे बिल्ली की तरह नीली आंखों वाले, तांबई रंग वाले एवं करीब छः फुट लम्बे आदमी के पीछे-पीछे इस विचित्र काली एवं नाटी लड़की को देखकर लोग आश्चर्य प्रकट किए बिना नहीं रहते थे।

फिर भी रास्ते में कोई मुसीबत नहीं आई। उस समय तक भी देश के ऊपर से जो हवा बहती थी उसमें सांस लेने पर सारे शरीर एवं मन में ताज़गी का संचार होता था। खेतों में किसान हल चला रहे थे। उधर से गुज़रता हुआ कोई भी

व्यक्ति नज़र आते ही वे 'जय बांगला' कहकर अभिवादन करते थे। बाज़ारों में जगह-जगह चाय की दुकानों पर बैठे लोग मुट्ठियां उछालकर शपथ ग्रहण कर रहे थे कि वे अंत तक लड़ेंगे।

ट्रांज़िस्टर पर कलकत्ता स्टेशन का प्रोग्राम चल रहा था। ढाका रेडियो कोई नहीं सुन रहा था। घरों में कहीं भी कोई ढाका रेडियो सुनता मिल जाता तो उसकी मुसीबत आ जाती।

ढाका के 25 एवं 26 तारीख के बीभत्स नारकीय काण्डों का विस्तृत विवरण दिया जा रहा था रेडियो पर।

इन्हीं सबके बीच लोगों के प्रश्नों से सामना करना पड़ा था। मुझे—'कहां से आ रहे हैं ?'

'ढाका से !'—कहने में मुझे ज़रा भी डर नहीं लगा था। इस बात को छिपाने का कोई प्रयोजन भी नहीं था। उसके बाद प्रश्न हुआ, 'कहां जाएंगे ?'

वह भी मैंने सच-सच बता दिया, 'भागकर जा रहा हूं। कहां जाऊंगा यह खुदा की मर्ज़ी।'

'नाम क्या है आपका ?'

इस बार मैंने झूठ कहा, 'मंसूर' क्रिश्चियन नाम डेविड आर्मस्ट्रांग बताने का मुझे साहस नहीं हुआ।

उसके बाद प्रश्न हुआ, 'यह कौन है ? कौन है यह काली लड़की ? ऐसा कालारंग तो साधारणतः देखने में नहीं आता ! इसके साथ आपको क्या सम्बन्ध है ?'

मेरे मुंह से अपने-आप निकल गया, 'मेरी पत्नी है।' यह बात मैंने नजमा से नहीं बताई थी, पर वह दो-चार बार मेरे मुंह से पहले भी यह शब्द सुन चुकी थी और इससे उसके चेहरे पर नाराजगी प्रकट नहीं हुई थी। अपने बच्चे को गोद में लिए वह चुपचाप बैठी रहती। सिर्फ एकाध बार बहुत ही संकोच सहित उसने मेरी ओर देखा अवश्य था, और उस क्षण मुझे उसके चेहरे पर विषादभरी मुस्कराहट दिखाई पड़ी थी।

मेरी उक्त कैफियत पर लोगों को विश्वास नहीं होता। ऐसी काली लड़की साधारण गृहस्थों के घर में नहीं दिखलाई पड़ती। इस तरह का कालापन संपेरों, मछुआरों आदि जाति में ही देखने को मिलता है—हिन्दुओं की सबसे निम्न

जाति में। लोग शक की नज़रों से मेरे मुंह की ओर देखते रहते। नजमा का लड़का उस मुसीबत में हमारा बहुत सहायक सिद्ध होता था। लड़के का रंग अपनी मां की तरह काला नहीं था। आंखें मेरी तरह नीली नहीं थीं तो क्या हुआ, उसके शरीर का रंग साफ था। नजमा अपने लड़के को मेरी गोद में देकर खुद भी मुझसे बिलकुल सटकर बैठी रहती।

अवसर देख मैंने कई बार नजमा से कहा, 'डरना नहीं, नजमा ! मैं तेरा निकाह करवाकर, तेरी गृहस्थी बसी देख लूंगा, तब अपनी ज़िम्मेदारी खत्म समझूंगा। मैं तुझे यों अधर में छोड़कर नहीं जाऊंगा। तू फिकर मत कर।'

वह कहती, 'मुझसे कौन करेगा निकाह, भाई साहब ?'

मैं कहता, 'क्यों, तू काली है इसीलिए यह बात कहती है ?'

वह कहती, 'इसलिए भी, और इसके अलावा मेरे इस चांद का क्या होगा ? दूसरे के बच्चे सहित मुझ जैसी काली लड़की को कौन अपने घर में रखेगा तथा क्यों रखेगा ? मुझसे निकाह करेगा भी तो मेरे बेटे को मार डालेगा। इससे तो अच्छा है कि मेरे लिए किसी काम का इन्तज़ाम कर दो तो मैं मेहनत करके पेट भर लूंगी। अपने इस चांद को तो जिस तरह भी हो, मुझे बचाना ही पड़ेगा। यह मर गया तो मैं भी ज़िन्दा नहीं रहूंगी।'

नजमा में एक विशेष प्रकार का रूप है। एक आश्चर्यजनक रूप। मिस्टर ऑफिसर, आपके पास भी आंखें हैं, आपने भी उस रूप को देखा है, लेकिन उसके मन का जो रूप मैंने उस वक्त देखा, वह और भी सुन्दर था। लड़के को गोद में खिलाती वह लोरी गाया करती। उसका वह लोरी गाना...इतना मीठा गाती थी वह कि मैं आपको बता नहीं सकता। उसकी मधुर आवाज़ से मैं पहले से भी परिचित था। जब वह अपने बाप का हाथ पकड़कर ढाका की सड़कों पर भीख मांगते वक्त गाती थी तब भी मैंने उसके गाने सुने थे। उसकी ही आवाज़ में उसके कुछ गाने मेरे पास टेप किए हुए भी हैं। मैं उसे चेतावनी देते हुए कहता, 'नजमा, इतनी मीठी आवाज़ में मत गाया करो। लोग सुनेंगे तो कहीं तुम्हें मुझसे छीन न लें।'

वह सरलचित्त, बुद्धू लड़की शरमाकर कहती, 'धत् !'

मेरे लिए उसे यह समझा पाना बहुत ही कठिन हो गया था कि उसमें भी

रूप है। मिस्टर ऑफिसर, एक-एक कर दिन गुज़रते गए। मैं जितना ही सोचता कि इस बोझ को किस तरह हल्का करुं, उतना ही अधिक उसे जकड़कर रखने की मेरी इच्छा तीव्र होती गई। मुझे डर लगने लगा कि कहीं वह मुझे छोड़कर किसी और के साथ न चली जाए। या फिर यह डर बना रहता कि कहीं भी दस दिन रुकूंगा तो कहीं वह मुझसे यह न कह दे, 'भाई साहब, अब तुम चले जाओ, मैं यहीं रह जाऊंगी।'

अपने घर के प्रति नजमा को बहुत लगाव था। अपनी गृहस्थी के उन सुखद दिनों की बात वह अक्सर किया करती। अपने भिक्षाजीवी बाप को छोड़कर जिस जवान के साथ भागकर उसने ढाका के ही किसी अंचल में अपनी गृहस्थी बसाई थी विशेष तौर पर उस जवान की तथा उसके साथ बसाई गृहस्थी की बात वह बहुत किया करती। वह बताती कि उन लोगों की बहुत-सी आशाएं थीं। वे सोचते, शहर में धन कमाकर वे गांव की ओर चले जाएंगे। वहां ज़मीन खरीदेंगे, मकान बनाएंगे, हल-बैल खरीदंगे, उनका लड़का बड़ा होगा, उसे वे पाठशाला भेजेंगे, वह पढ़ेगा, पहले स्कूल में पढ़ेगा, उसके बाद कॉलेज में पढ़ेगा।

बस इसी तरह की बातें किया करती थी वह। मैं चकित-सा उसके मुंह की ओर देखता रहता। आपसे मैं छुपाऊंगा नहीं कि इस विचित्र काली लड़की की उस मधुर हंसी एवं आशाओं से दीप्त चेहरे की ओर मैं अपलक देखता ही रह जाता, और उस वक्त मेरे दिल में कुछ उथल-पुथल-सी होने लगती। मैं चंचल हो उठता। मुझे लगता कि यह कामना है। मनुष्य की एक आंतरिक कामना। साथ ही खुद की भत्सना भी बहुत की थी मैंने।

एक के बाद एक सड़क को छोड़ मैं आगे बढ़ रहा था। मैं इसी चिन्ता में था कि किस जगह पहुंचने पर हम खुद को सुरक्षित महसूस कर पाएंगे। नारायणगंज को पीछे छोड़कर हम ग्वालन्दा की ओर बढ़ रहे थे। रास्ते में कई क्रिश्चियन मिशन भी मिले थे। वहां जाकर भी हमने आश्रय मांगा था।

मेरे पुराने पासपोर्ट में लगी मेरी फोटो देखकर तथा मेरी सारी बातें सुनकर मिशन वालों ने कहा था, 'श्योरली' (निश्चय ही), तुम्हें हम आश्रय अवश्य दे देंगे, लेकिन...'

नजमा की ओर इशारा करके कहा था, 'यह क्रिश्चियन नहीं है। यह मुस्लिम लड़की है। हम उसे आश्रय नहीं दे सकेंगे।'

मैंने कहा था, 'कैसी बात करते हैं, फादर ! इस मुसीबत की मारी लड़की को आप लोग आश्रय नहीं दे सकेंगे ?'

फादर ने कहा, 'तुम नहीं जानते कि इस समय इस देश में क्या हो रहा है ! ढाका, चटगांव, कुमिल्ला आदि बड़े-बड़े शहरों में हज़ारों आदमी, औरतें, बच्चे, मशीनगन की गोलियों से...'

मैंने असहिष्णु होकर कहा, 'प्लीज़, मुझे यह सब मत सुनाइए। मैं अपनी आंखों देखकर आया हूं, फादर ! दिन-दहाड़े ही ढाका की सड़कों पर मां, बहनें और लड़कियां घसीटी जा रही थीं और...'

फादर ने आसमान की ओर देखते हुए ईश्वर को याद किया, छाती पर क्रॉस का निशान करके मन को शुद्ध किया, फिर बोले, 'जिस समय उन्हें मालूम होगा कि ढाका से भागी हुई एक मुसलमान लड़की को हमने आश्रय दिया है तो यह मान लेने में एक सेकण्ड की भी देर नहीं लगाएंगे कि हम लोगों ने एक मुस्लिम लड़की को क्रिश्चियन बना लिया है। उसके बाद...'

मैं चुप खड़ा रहा। इसके बाद कहने को था ही क्या ? फादर की आशंका निर्मूल नहीं थी।

फादर ने कहा, 'इस समय पाकिस्तानी सोल्जर्स (सिपाही) चारों और घूम रहे हैं, नरक के फाटक खुले छोड़ दिए गए हैं और शैतान बाहर घूम रहे हैं। तुम लोग शहर की ओर न जाकर गांव की तरफ ही भागो। तुम्हें नहीं पता कि मुस्लिम लीग के लोग और जमैत-उल-उलेमा के लोग इन्फार्मर (खबर देने वाले) का काम कर रहे हैं। तुम्हें देखते ही वे पकड़ लेंगे।'

"नजमा के साथ ग्वालन्दा छोड़कर कालूखाली-रतनदिया नामक एक छोटे कस्बे में घर बसाकर हमने चैन की सांस लेनी चाही थी। वह स्थान हमें अपेक्षाकृत शांत महसूस हुआ। बाज़ार के बीच जगह मिली थी। बनाकर खाने की तथा काम पाने की सुविधा भी थी। इस ओर शहर बसा था, दूसरी ओर गांव था।

वहां चारों ओर ही अपेक्षाकृत शांति थी।

अप्रैल महीने की शुरुआत थी। पूरा देश मार खाकर शिथिलसा ज़रूर हो गया था, पर मुंह छिपाकर पड़ा नहीं था।

देश-भर में पश्चिम पाकिस्तानी सेनावाहिनी फैली पड़ी थी। गांव जल रहे थे, मनुष्य गोली खाकर मर रहे थे, सबसे ज़्यादा लड़कियां ज़लील की जा रही थीं। उनको मारकर फेंकने से पहले बारी-बारी से पशुओं का वह दल उनपर अत्याचार करता था। सड़कों के किनारे, नदी के घाट पर तथा गांवों में नंगे नारी-शव आकाश की ओर ताकते पड़े थे। उनकी देहें धूल, कीचड़ एवं खून से लथपथ और पैरों से रौंदी हुई थीं। किसीकी छाती में गोली मारी गई थी तो किसीका पेट चीर दिया था। नजमा मुझे जकड़कर ज़ोरों से रो पड़ती और कहती, 'भाई साहब, मेरा क्या होगा ?'

नारी-देहों के पास ही बायोनेट से बिंधी शिशु-देहें पड़ी थीं।

देखने पर यों लगता था मानो समूचा देश रक्त-सने मांस का दरिया हो।

नजमा अपने बेटे को छाती से चिपकाकर फफक-फफककर रोती।

बैसाख की दोपहरी में चलने वाली तप्त लू जिस तरह शाम के समय थोड़ी देर को गुम हो जाती है उसी तरह उत्तेजना का उत्ताप एक बार ठहरा-सा जान पड़ता था।

26 की सुबह से ही मार्शल ला चल रहा था।

27 को खबर फैली कि मार्शल ला एडमिनिस्ट्रेटर टिक्का खां को गोली मार दी गई है। एक लड़की रोशनआरा छाती पर 'माइन' बांधकर टैंक के सामने कूद पड़ी और टैंक के टुकड़े-टुकड़े उड़ गए।

तरह-तरह की बातें सुनने में आ रही थीं। खबर फैल रही थी कि चटगांव की तरफ से मुक्ति फौज (लिबरेशन आर्मी) ढाका की ओर आ रही है। 28 नम्बर फील्ड फोर्स का मेजर दौलतपुर में आहत हो गया है। पाक बमबारी ने पूरे पुल को उड़ा दिया है या उड़ा देंगे, ऐसी भी खबर सुनने में आ रही थी।

ढाका रेडियो बन्द था। राजशाही रेडियो भी बन्द था। चटगांव, सिलहट, रंगपुर आदि कहीं का भी रेडियो प्रोगाम चालू नहीं था।

कलकत्ता रेडियो से खबरें सुनने के लिए सभी उत्सुक रहते। कलकत्ता

रेडियो पर ही एक दिन यह खबर सुनी कि मुजीबनगर में बंगला देश गवर्नमेण्ट की घोषणा की तैयारी हो रही है।

मेरा ट्रांज़िस्टर तो झोले में पड़ा ही था। इस खूबसूरत छोटीसी वस्तु को बाहर निकालने की हिम्मत नहीं हुई। लोग-बाग यों ही मुझे और नजमा को साथ देखकर शक की दृष्टि से ताकते हैं। इसलिए आंखों में खटकनेवाली उसे सुन्दर वस्तु को बाहर निकालने की सचमुच ही हिम्मत नहीं हुई।

बिलकुल एकान्त में जब कभी मौका मिलता तभी मैं खबर सुना करता।

इसके बाद तुरन्त ही ज्वार के बाद भाटे की तरह उल्टा स्रोत बहने लगा। लोगों को आशा थी कि जो विप्लव उस दिन ढाका में आरम्भ हुआ था वही विप्लव चारों तरफ से धारा में चला आएगा—कुछ ही दिन पहले के साइक्लोन की तरह, तथा पश्चिम पाकिस्तान की सेना की हरकतों, सैनिक-कार्यवाहियों को उड़ाकर, बहाकर नाकाम कर देगा। पर वैसा हुआ नहीं। करीब दो सप्ताह के भीतर-भीतर हज़ारों की संख्या में पाक सोल्जर्स ने मशीनगन और ऑटोमेटिक राइफल लिए मिलिट्री विहिकल्स पर सवार हो पूरे शहर को घेर लिया। हज़ारों लोग मारे गए। मां-बेटियों और बहनों की अस्मत खुले आम लूटी गई और उसके बाद उन्हें गोलियों से भून दिया गया। तोपें एवं मोर्टार चलाकर यूनिवर्सिटी की इमारत को मटियामेट कर डाला। बड़े-बड़े मकान तोडे। बस्तियों को जला दिया। सब जगह वही एक इतिहास।

लोगों ने अगरतल्ला, आसाम, पश्चिम बंग आदि स्थानों की ओर भागना शुरू किया।

हमने तब तक भी तय नहीं किया था कि बंगला देश को छोड़कर कहीं जाएं या नहीं। कालूखाली-रतनदिया के करीब पहुंचते-पहुंचते नजमा का लड़का बीमार हो गया। नजमा भी बेहोश हो जाने के पहले की सी हालत में कांपती-सी अपनी कमज़ोर टांगों पर खड़ी थी। लड़के को भी बहुत तेज़ बुखार चढ़ रहा था।

मैंने एक सप्ताह रुकने के विचार से रतनदिया-कालूखाली के बाज़ार के किनारे एक छोटा-सा घर किराये पर ले लिया।

उसके बाद मैंने देखा कि वहां पकाकर खाने एवं कमाई करने की सुविधा भी है, तब मैंने अपने झोले में से औज़ार निकाल लिए। मैंने जो घर किराये पर

लिया था उसमें दो कमरे तथा सामने एक बरामदा था। उसी बरामदे की दीवार पर खड़िया से मैंने लिख दिया—मि० डी० आर्मस्ट्रांग, इलेक्ट्रिक इंजीनियर। अंग्रेज़ी तथा बंगला दोनों भाषाओं में उक्त वाक्य मैंने लिख दिया था। सात दिन बीते होंगे कि अरबी हरफों में भी लिख दिया था मैंने। उस समय मानो लहरों ने लौटना शुरू कर दिया था।

आज यह कहने में मुझे ज़रा भी संकोच नहीं है कि उस वक्त मन ही मन मेरी शर्म का कोई पार नहीं था।

मैंने उस स्थिति को स्वीकार कर लिया था, क्योंकि मैंने उस लड़की को बचाना चाहा था।

मैंने उससे भी कह दिया था, 'देख नजमा, अब तू अपना नाम नजमा मत बताना। आज से तेरा नाम माया है। कोई पूछे तो माया आर्मस्ट्रांग बताना।'

सुनकर उसे बहुत ही आश्चर्य हुआ था। उसने पूछा, 'क्या कहा ? कोई मेरा नाम पूछे तो कहंगी...माया ? माया...क्या ?' आर्मस्ट्रांग शब्द ही उस बेचारी की समझ में नहीं आया।

'माया आर्मस्ट्रांग। इस नाम को रटकर कंठस्थ कर ले।'

'छाया दीदी की बहन ?'

'नहीं। वह सब कुछ नहीं। भूल जा छाया को। अभी सिर्फ इतना याद रख कि तू सिर्फ माया है। छाया के मरने के पश्चात् मैंने तुमसे शादी कर ली है।'

मेरी बात सुन चकित-सी वह मेरे मुंह की ओर देखने लगी थी।

मैंने उसे कारण भी समझा दिया था, 'देख, तू मुसलमान की लड़की है तथा मैं हूं क्रिस्तान। तू मेरी कुछभी नहीं लगती, यह जानकर लोग बखेड़ा खड़ा कर देंगे। तू भी तो देख रही है; समय कितना खराब आ रहा है। लीग के पंडे तथा जमैत-उल-उलेमा के दलाल लोग चारों तरफ घूम रहे हैं, वे ही पता नहीं कब फसाद खड़ा कर दें। कोई ठीक नहीं कि कब वे लोग आकर कह बैठें—इस लड़की को हम ले जाएंगे।—तब तू अगर जाना चाहे, कोई तुझसे निकाह करना चाहे...

खूब ज़ोर से सिहरकर नजमा ने बार-बार कहा, 'नहीं, नहीं, नहीं, नहीं भाई साहब ! नहीं ! मेरे चांद को वे लोग दुर-दुर करके कुत्ते-बिल्ली की तरह दुतकारना

चाहेंगे। उससे घृणा करेंगे। कोई भरोसा नहीं मार भी डालें तो।'

"इस नये घर में नजमा को डर लगता रहता था। किससे तथा कसा डर लगता था, मैं कह नहीं सकता। मैंने नजमा से पूछा भी था, पर वह बता नहीं सकी, सिर्फ बुद्धू की तरह मेरे मुंह की ओर देखती रही थी। आखिर बोली थी, 'मुझें कुछ पता नहीं, मैं कुछ नहीं जानती, भाई साहब, लेकिन पता नहीं क्यों मुझे इस प्रकार का डर-सा लगता है। भय-सा लगता है।'

डर तो मुझे भी लगता था। मुझको अपने-आपसे ही डर लगता था।

पता नहीं नजमा में कैसा तो एक विचित्र-सा आकर्षण है ! उसका यह अद्भुत काला रंग, उसका यह यौवन ! सेन ने भी तो मुझसे यही कहा था कि ईश्वर के निर्देश से ही यह भार मेरे कंधे पर आ पड़ा है।

अपने जीवन में मैंने पूरी बाइबिल कभी नहीं पढ़ी, फिर भी बाइबिल मेरे पास रहती हर समय थी। नजमा के साथ सफर के दौरान उन दिनों अक्सर ही मेरे मन में आता कि बाइबिल पढ़ूं, और मैं पढ़ता भी। नजमा से भी मैं कहता, 'नजमा, अल्लाह को पुकारना मत भूलना, और दिन में एक बार नमाज़ अवश्य पढ़ना।' नजमा अच्छी तरह नमाज़ पढ़ना नहीं जानती थी, लेकिन घुटने ज़मीन पर टेक दोनों हाथों को पसार, 'अल्लाह दया कर।' कहकर वह अल्लाह को अवश्य पुकारती।

मैंने एक मकान का एक भाग, एक कोठरी, छोटा-सा रसोईघर, भीतर एवं बाहर के दो बरामदे किराये पर ले लिए। नजमा का नाम नजमा से माया हो गया। माया आर्मस्ट्रांग।

इस नाम को याद करने में नजमा ने एक समूचा दिन लगा दिया था।

माया आर्मस्ट्रांग, माया आर्मस्ट्रांग रटती रही थी वह दिनभर।

घर किराये पर लेकर उसमें प्रवेश करते समय तो नजमा को डर-सा लग रहा था, लेकिन घर में प्रवेश करते ही, 'आह, जान बची' कहकर चैन की सांस ले वह बरामदे में ही सो गई। अस्वस्थ, बुखार से तपते बच्चे को बगल में सुला लिया। पूरे तीन घंटें की गहरी नींद लेकर उठी थी वह। कुल चार दिन के भीतर

ही लड़का भी ठीक हो चला। अब तो उसने सम्पूर्ण देह और मन से उस मकान के आंगन, फ़र्श, कमरों की टिन की छत आदि को मानो दोनों हाथों से जकड़कर पकड़ लिया।

हमारे मकान-मालिक बहुत अच्छे आदमी थे। उनका नाम था शेख अब्बास। बहुत हिम्मत वाले व्यक्ति थे वह। हज कर आए थे इसलिए उनका नाम हाजी अब्बास प्रचलित हो गया था। उन्होंने बाज़ार के अंतिम छोर पर पंक्तिबद्ध मकान बनवाकर किराये पर उठा रखे थे। बीस के करीब साइकिल-रिक्शे चलते थे। मुझे भी खुद उन्होंने ही बुलवाकर घर किराये पर दिया था।

हम उस कस्बे के प्रवेश-द्वार पर पेड़ के नीचे बैठे थे। नजमा का लड़का अचानक बेहोश हो गया था। उसको बहुत तेज़ बुखार था। बेहोश लड़के को गोद में लिए नजमा रो रही थी। हाजी साहब अपना ईंटों का भट्ठा देखकर लौट रहे थे, बच्चे को गोद में लिए नजमा को रोते देख रिक्शा रुकवाकर वहीं उतर गए तथा पूछा, 'क्या हो गया बच्चे को ?'

मैं अचानक डर गया था। कुछ बोल नहीं सका।

नजमा ने कहा, 'मेरे चांद को बचाइए। देखिए न, इसको क्या हो गया है ?'

हाजी साहब ने लड़के को देखकर कहा, 'लगता है, बहुत ज़ोर की सर्दी लग गई है इसे, लेकिन तुम्हारा घर कहां है ? कहां जाना है तुम लोगों को ?'

मैंने अपने बारे में उन्हें जो कैफियत दी वह झूठी नहीं थी। झूठ बोलने का कोई कारण भी नहीं था। सत्य-असत्य का जो भी मामला था वह सिर्फ नजमा को लेकर था। नजमा के धर्म को लेकर था।

हाजी साहब ने मुझसे कहा, 'आपने बताया कि आप क्रिश्चियन हैं, यह मैंने मान लिया, लेकिन यह काली लड़की...?'

अपनी बात को अधूरी छोड़ दूसरे ही क्षण उन्होंने कहा, 'खैर छोड़ो, वह जो भी हो, लेकिन एक बात मैं खुद उससे पूछना चाहता हूं।'

उन्होंने नजसा से पूछा, 'ऐ लड़की, तेरे लड़के को बहुत ज़ोर का बुखार है। तू मेरे घर चलेगी ? यह आदमी तो क्रिश्चियन है और तू तथा मैं, हम दोनों मुसलमान हैं; बोल, चलेगी मेरे साथ ?'

नजमा डर गई थी। कसकर मेरा हाथ पकड़कर बोली, 'नहीं।'

अब हाजी साहब ने हंसकर मुझसे कहा, 'तो फिर मैं एक कमरा किराये पर दे देता हूं, कुछ दिन रह जाइए। लड़का ठीक हो जाए, उसके बाद जहां जाना हो, चले जाइएगा।

नजमा के लड़के का बुखार उतर गया। हम घर की ममता में फंस गए। हाजी साहब ने भी कहा, 'यही ठीक है डेविड साहब, अब आप यहीं रहिए, और कहीं जाने की कोशिश मत करिए। सारे पूर्व पाकिस्तान में शैतानों ने दोजख की सी आग जला रखी है। ढाका, चटगांव, कुमिल्ला, नोआखाली, सिलहट, मैमनसिंह, रंगपुर, राजशाही, बारिसाल, खुलना, जैसोर आदि समस्त शहरों में पाकिस्तानी फौज पहुंच चुकी है। बच्चों, बूढ़ों, जवानों, लड़के-लड़कियों सभीको भून रहे हैं। मां-मौसी, बहन-बेटी सबकी इज़्ज़त दिनदहाड़े धूल में मिला रहे हैं।'

मैंने कहा, 'यह सब ढाका में मैंने अपनी आंखों से देखा है। नजमा ने भी देखा है। इसका नसीब तथा खुदाताला की दया ही समझिए कि उस रात इसे छिपने की जगह मिल गई और खान सोल्जरों की नज़रों से यह बच गई; इसीलिए यह जीवित रह गई, और भाग आई।'

'लेकिन भागकर जाएगी कहां?'

इसका जवाब मेरे बदले नजमा ने दिया था। बोली, 'किसी गांव में, या किसी नदी-किनारे, या फिर जंगल में ही चले जाएंगे। जहां मेहनत-मज़दूरी की रूखी-सूखी रोटी भी खाने को मिले तो सुख से खा सकें। रात के वक्त दो घड़ी चैन से सो सकें।'

हाजी साहब ने कहा, 'वैसा कोई गांव तो आज कहीं भी नहीं है, बेटी ! कम से कम मैं तो वाकिफ नहीं हूं ऐसे किसी गांव से। हां, बहुत-से लोग हिन्दुस्तान जा रहे हैं; वहां तक अगर पहुंच सको तो शैतान के इन सिपाहियों-बरकन्दाज़ों की पकड़ से बाहर पहुंच जाओगी। वहां के लोग बहुत प्रेम से हमें बुला रहे हैं, लेकिन वहां तक पहुंचना भी तो आसान नहीं है। बहुत परिश्रम एवं बाधाएं हैं वहां तक पहुंचने में, और अगर पहुंच भी गई, तो वहां भी तो पेड़ तले या ज़्यादा से ज़्यादा तम्बू के नीचे, गीली मिट्टी पर रहना होगा और लंगरखाने में थाली पसारकर खाना पड़ेगा। उससे अच्छा है, यहीं रहो। हम जीवित रहे तो तुम लोग भी बच जाओगे। मेरे छः लड़के हैं, वे सभी अवामी लीग के समर्थक हैं।

जब तक हम यहां हैं तुम लोगों को किसी बात का डर नहीं है।"

"शेख अब्बास हाजी साहब उन चिरन्तन विचित्र व्यक्तियों में से थे जिनका मूल्य कभी किसी युग में कम नहीं होता।"

इंस्पेक्टर ने कहा, "प्लीज़, बेयर फैक्ट्स ओनली (सिर्फ ज़रूरी तथ्य, कृपया) !"

"क्यों ? मैंने फालतू क्या कहा है आपसे ?" डेविड आर्मस्ट्रांग कुछ गरम हो उठा।

इंस्पेक्टर ने कहा, "अच्छा, अच्छा, आप जो कह रहे थे वही कहिए।"

"मैं सच बात ही कह रहा हूं। झूठे इमोशन की सृष्टि कर आप लोगों को धोखा देने की कोशिश करूंगा तो आप अवश्य ही पकड़ लेंगे और मुझे सज़ा भी देंगे ही। पर वह सत्य बताए बिना ईश्वर मुझे कभी माफ नहीं करेगा।

हाजी शेख अब्बास देश के पार्टीशन के समय यह देश छोड़कर चले तो गए, पर आज भी इसके लिए खेद प्रकट करते हैं। मुर्शिदाबाद में उनका मकान था, बहुत-से हिन्दू मित्र थे। खैर, उन सब बातों को जाने दीजिए, शायद आपके लिए अधिक हो जाएंगी।

वह मेहनती व्यक्ति थे। वहां जाकर कुछ वर्षों में वहां के प्रतिष्ठित नागरिक बन गए थे। कितने ही व्यवसाय शुरू कर दिए थे। सभी काम-काज के प्राणाधार वे ही थे। बाज़ार-भर में हाजी साहब के उपकार से वंचित कम ही लोग मिलेंगे। मनुष्य के सुख-दुःख में, मुसीबत में काम आने वाला ऐसा मित्र दूसरा मिलने का नहीं। उनके द्वारा संचालित सारे काम-काज में जैसे ईंटों का भट्ठा, रिक्शे चलाने का धंधा, धान-चावल खरीदने-बेचने का व्यापार आदि में करीब एक-डेढ़ सौ लोग उनका नमक खाकर अपना पेट पालते थे। और भी अनेक तरह से वे लोगों के काम आते थे।

हाजी शेख अब्बास साहब के छः लड़के थे। शेख आशानुल्ला, अमानुल्ला, इरफान, इरशाद, इकबाल और इबादत—तीन माओं से छः बेटे थे। आशानुल्ला राजशाही में वकील था।

अमानुल्ला स्कूल-मास्टर था।

इरफान कॉलेज में पढ़ता था।

इरशाद तथा इकबाल बाप के साथ व्यापार में लगे थे। वे कॉलेज तक शिक्षाप्राप्त लड़के थे तथा सबसे छोटी जवान पत्नी की संतान थे। वहां के बाज़ारों में जब जुलूस निकलता था तो भीड़ में सबसे आगे हाथ में झंडा लिए वही रहते थे।

आशानुल्ला अवामी लीग से चुनाव में जीता था। हाजी साहब के घर पर ही अवामी लीग का दफ्तर था, नीड़ था। मकान के सामने बहुत लम्बे बांस में बांगला देश का फ्लैग फहराता था।

चाहे किसी भी टाइम हो, हाजी साहब एक बार रोज़ हमारी खबर ले जाते। उनसे और अधिक घनिष्ठना हुई थी ट्रांज़िस्टर के कारण। मेरा छोटा-सा ट्रांज़िस्टर देख हाजी साहब का मन बच्चों की तरह ललचा उठा था। वह मेरा ही बनाया हुआ है, सुनकर तो उनकी खुशी का ठिकाना ही नहीं रहा। उनके पास एक बहुत कीमती बैटरी-सेट था। उसे अच्छी तरह एडजस्ट नहीं कर पाते थे वे। मैंने एडजस्ट करके उन्हें लंदन, मास्को आदि सुनवा दिए थे।

एक दिन हाजी साहब ने कहा, 'डेविड साहब, बहुत बुरी खबर है। ट्रकों में भर-भरकर खान सिपाही चारों ओर फैल रहे हैं। चटगांव, कुमिल्ला, सिलहट, राजशाही, रंगपुर आदि सभी बड़े-बड़े शहरों को उन्होंने तोपों से भून दिया है, जलाकर खाक कर दिया है। यही हाल जैसोर, खुलना, बारिसाल आदि का है। अव छोटे गांवों और हाट-बाज़ारों की बारी है।'

मैं अपने रेडियो के कारण इस स्थिति से वाकिफ था। कलकत्ता रेडियो दिन में दो-तीन बार बंगला, हिन्दी तथा अंग्रेज़ी में पूर्व पाकिस्तान की सारी खबरें दे रहा था।

हाजी साहब ने कहा, 'आज ही सुबह फरीदपुर के बारे में भी खबर आई है। खबर बहुत ही बुरी है।'

मैं डर के मारे एकटक उनके मुंह की ओर देखता रहा। क्या कह रहे हैं हाजी साहब ? हिम्मत करके उनसे पूछा, 'मुझे क्या करने को कहते हैं ?'

हाजी साहब ने एक दीर्घ श्वास लेकर कहा, 'कहने के अलावा और कोई चारा भी तो नहीं है, डेविड साहब ! हाजी अब्बास की ज़िन्दगी में ऐसी बात कहने का मौका इसके पहले कभी नहीं आया, डेविड ! तुम लोगों को

बुलाकर खुद ही कहा था मैंने कि डरना नहीं भाई, तुम यहीं रह जाओ। इसी घर में रहो। तुम्हारी साथिन बहुत बीमार है। इसे साथ लेकर सड़क पर भटकते रहे तो मुसीबत में फंस जाओगे। हाजी अब्बास ने आज तक कभी किसीको रहने का ठौर-ठिकाना देकर अपने मुंह से यह नहीं कहा कि अब मैं तुम्हें रखने में असमर्थ हूं।'

मैं एकटक हाजी साहब के मुंह की ओर देख रहा था, और देखता ही रहा। उनके कहने का सही अर्थ क्या है, मेरी समझ में नहीं आ रहा था।

हाजी साहब ने फिर कहा, 'खबर तो बहुत बुरी है, डेविड साहब! राजबाड़ी से हमारे कुछ लोग आए हैं। उनका कहना है कि खान की फौजें फरीदपुर से होती हुई राजबाड़ी के निकट तक पहुंच गई हैं, और उनके साथ है एक मिल-मालिक ज़फरुल्ला, जिसने राजबाड़ी शहर में अड्डा जमा लिया है और आसपास के सारे अंचलों को दोज़ख बनाए दे रहा है। मुस्लिम लीग के जो दलाल लोग इतने दिनों तक डर के मारे चुप्पी साधे हुए थे, घोंघे की तरह अपने खोल में खुद को समेटकर मुर्दों की भांति निश्चेष्ट पड़े थे, अब उन्होंने भी अपनी सूंडे बाहर निकाल ली हैं।'

फिर तुरन्त ही गर्दन हिलाकर बोले, 'नहीं, ये जल्लाद घोंघे नहीं हो सकते, केंचुए भी नहीं, बिच्छू-केकड़े भी नहीं। डेविड साहब, ये तो सांप हैं, सांप। दिन के उजाले में मनुष्यों की आहट पाकर जिस तरह बूढ़ा केंउटा सांप बांबी में छिपकर बैठ जाता है उसी तरह यह आदमी (ज़फरुल्ला खां) भी चुप बैठा था। लोगों के आवाज़ लगाने एव उकसाने पर भी फ़ुफकारने की हिम्मत नहीं थी उसकी। अब रात हो गई है और वह अपनी बांबी में से निकल आया है। अब उसने फुन उठाकर फ़ुफकारना शुरू कर दिया है। राजबाड़ी, कालूखाली, पाशा अंचलों के अवामी लीग के लोगों की उसने एक बहुत बड़ी लिस्ट तैयार की है। अब खान सिपाही ट्रक, जीप, लांच आदि में भर-भरकर आ रहे हैं—उस लिस्ट में दर्ज लोगों का नाम-निशान मिटा देने को। वह जो कुछ कर रहा है या करने जा रहा है, वह बहुत ही क्रूर और भयानक कार्य है।'

मैंने कहा, 'मैंने देखा है। ढाका में एक रात और एक दिन एक अंधकूप जैसे अंधेरे कमरे में भयभीत पशु की तरह छिपकर अपनी आंखों से सब कुछ

देखा है मैंने। डर के मारे गूंगा हो गया था मैं। मेरे गले से भयार्त चीख भी नहीं निकल पाई थी।

हाजी साहब ने कहा, 'नहीं, गांवों में उनका अत्याचार और अधिक भयंकर होगा, डेविड साहब ! गांवों के घरों की छतें टिन की होती हैं। बल्कि बहुत-सी तो फूस की झोंपड़ियां ही होती हैं। ऐसे घरों को गोला फेंककर तोड़ने की ज़रूरत नहीं पड़ती। जब मिलिट्री ट्रक गांव में प्रवेश करते हैं तब साधारण लोग तो अपने घरों में सांकल चढ़ाकर बैठ जाते हैं; जिन्होंने हमारी तरह लड़ मरने की कसम खाई है वे खिसककर आड़ में हो जाते हैं; और जो बेईमान हैं, सांप के स्वभाव के हैं, शैतान हैं, वे पाकिस्तानी झंडा उड़ाते बाहर निकलकर 'पाकिस्तान ज़िन्दाबाद' का नारा लगाते पाकिस्तानी सैनिकों को सलाम ठोकते हैं। यही लोग हैं जो उन जल्लादों को अपने-आप ही बंगला देश के हिमायतियों के नाम बता देते हैं, मकान दिखा देते हैं, उसके बाद आरम्भ होता है शैतानी खेल। पहले ये दरिन्दे सर्वस्व लूट लेते हैं, फिर बाल-बच्चे, लड़के-लड़की, बुड्ढे-बुड्ढी, लूले-लंगड़े, काने सबको घसीट-घसीटकर बाहर निकालते हैं।'

'उसके बाद ?'

'उसके बाद...हाय अल्लाह, या खुदा ! क्या बताऊं डेविड साहब, मां-बाप के सामने बेटी पर, लड़के के सामने मां पर वह भयानक अत्याचार...'

'यह सब भी अपनी आंखों से देख आया हूं मैं।'

'देख आए हैं ? हां, देखते कैसे नहीं डेविड, शैतान के पास शैतानी के बहुत नमूने हैं शायद, और अपनी शैतानी के उन नमूनों को वह सर्वत्र दिखाता फिर रहा है, और उसके उन बहुत प्रकार के ज़ुल्मों का ज़ालिम अंजाम एक ही तरह का होता है। वापस आते वक्त घरों में आग लगाकर उन्हें राख कर जाते हैं, और जातेजाते वहां एक-एक पुलिस-चौकी बनाते जाते हैं। हमारे इस अंचल की पुलिस चौकी राजबाड़ी में बनी है। राजबाड़ी के नज़दीक ज़ाफर राइस मिल में उनका हेड क्वार्टर बनेगा। शैतान ज़फरखां पहले तो डरकर फरीदपुर भाग गया था। अब सुना है कि खान सैनिकों के साथ वह वापस लौट आया है। ज़फर खान के साथ हमारा पुराना झगड़ा है। अब वह हमसे बदला अवश्य लेगा, छोड़ेगा नहीं।'

अन्त में हाजी साहब ने कहा, 'मैंने खुद बुलाकर तुम्हें जगह दी है। अब सबसे पहले तुम्हें ही यह कहने के लिए आया हूं, डेविड भाई कि सोच विचारकर तय कर लो कि तुम्हें क्या करना है।'

मैं सोच रहा था, क्या करुं ?

हाजी साहब ने ही कहा, 'यहां से भागना चाहो तो अभी भी समय है, तुम लोग भाग जाओ।'

मैंने पूछा, 'भागकर कहां जाएंगे ?'

कहां जाओगे ? देखो, तुम तो क्रिश्चियन हो, आधे सफेद आदमी। तुम्हें डरने की कोई ज़रूरत नहीं है। तुम अपना परिचय दोगे तो तुम्हें वे छोड़ देंगे। अगर अधिक करेंगे तो ढाका-वाका कहीं भेज देंगे। तुम्हें मार ही नहीं सकते, ऐसा तो मैं नहीं कह सकता। दुनिया में मनुष्य जब पशु बनकर हथियारों के नखों-दांतों से खून-खराबी के खेल खेलता है और खेल के पीछे अंधा हो जाता है तब वह किसी भी कानून की परवाह नहीं करता। लेकिन तुम्हारे पास तो फिर भी एक खूंटी है, जिसे पकड़कर तुम खड़े हो सकते हो, लेकिन इस काली लड़की को तुम्हारे साथ देखते ही, न तो तुम बच पाओगे, न यह। तुम्हारा सबसे बड़ा गुनाह यही माना जाएगा कि तुम क्रिश्चियन हो और यह मुसलमान है। तुम्हारे साथ इसका क्या सम्बन्ध है, इसकी सफाई तक नहीं देने देंगे। तुम्हें गोली मारकर फिर...'

मेरी आंखों के सामने से समस्त दीन-दुनिया जैसे अदृश्य होने लगी। ऐसा लगने लगा जैसे चारों ओर अंधेरा छा गया है। खुद की मुझे ज़रा भी फिक्र नहीं थी। अगर कोई चिन्ता थी तो बस नजमा की ही थी। कुछ ही दिनों में नज़मा मुझपर इस कदर हावी हो गई थी कि उसको छोड़कर जाने की बात सोचने में ही दिल एक दारुण पीड़ा से कराह उठता ; हृदय दुःख, आवेग एवं आशंका से कांप उठता।

हम कमरे में बैठे बात कर रहे थे। बाहर दरवाज़े पर हाजी साहब के चार व्यक्ति बैठे थे। एक साइकिल-रिक्शा भी खड़ा था। रिक्शा-चालक की सीट पर एक व्यक्ति इंतज़ार में बैठा था। उन सभीकी बातचीत की आवाज़ हमारे कानों तक आ रही थी। भीतरी दरवाज़े के पास बैठी नजमा डर के मारे फफक-

फफककर रो रही थी। उसके रोने की आवाज़ भी आ रही थी।

हाजी साहब ने कहा, 'एक उपाय है, डेविड साहब !'

'बताइए।' मैंने पूछा।

उन्होंने कहा, 'हम अपने घर के बच्चों, लड़कियों तथा औरतों को यहां से हटाकर अन्यत्र भेज रहे हैं, सिर्फ पुरुष यहां रहेंगे। हम उन लोगों का मुकाबला करेंगे। हममें से बहुतों को मरना भी पड़ेगा ही। तुम चाहो तो हमारे साथ रहकर लड़ सकते हो। नजमा को हमारे घर की लड़कियों-औरतों के साथ भेज दो। वह उन लोगों के साथ रहेगी।'

मैंने कहा था, 'मैं उससे पूछकर देखूं ?'

हाजी साहब ने कहा, 'सुनो, हमारे शेख वंश के पूर्वजों के समय की बात बताता हूं तुम्हें। नजमा से भी कहना। पुराने ज़माने से हमारा वंश मुर्शिदाबाद के उत्तर में बसा हुआ है। लालगोला, भगवानगोला के उस तरफ। उस ज़माने में हम शेख नहीं थे। डेविड, मैं जितना जानता हूं उसके अनुसार उस वक्त हम कायस्थ कहलाते थे। बहुत बड़ा घराना था हम लोगों का। उस ज़माने में मुर्शिदाबाद में नवाब मुर्शिदकुली खां सूबेदार थे। बड़े भाई नवाब के दरबार में मुख्तारी किया करते थे। उस समय देश के ज़मींदारों, जागीरदारों और छोटे-मोटे राजाओं का काम करने वाले मुख्तार, वकील आदि होते थे, वे भी उन्हींमें से एक थे। बड़े भाई दरबार के वज़ीर, नज़ीर, पेशकार से लेकर कानूनगो, अमीन-गुमास्ताओं आदि सबसे मेल-जोल रखते। उन लोगों को रुपये-पैसे खिलाकर अपना काम भी बना लिया करते। खुद ज़मींदारों के पास ठेके पर काम लिया करते। उन रुपयों में से कुछ तो नवाब के कर्मचारियों को देते, कुछ ज़मींदार के कर्मचारियों को देते और बाकी खुद रखते। उनका रोज़गार भी अच्छा ही चलता था। अपने देश में पूछ भी बहुत थी। वे तिलक-छापे लगाते तथा माला भी जपते। बल्कि मैंने तो सुना है कि माला जपते-जपते भी यही सोचते रहते थे कि किसकी ज़मीन किस तिकड़म से हड़पी जा सकती है।

'उनके छोटे भाई उनसे विपरीत स्वभाव के थे। वे लम्बे-चौड़े डील-डौल के व्यक्ति थे। कंधे तक घुंघराले बाल रखते। धर्म-कर्म में विश्वास नहीं था उनका। पढ़ाई-लिखाई भी खास नहीं की। उन्हें शौक था तो लाठी-तलवार चलाने का

या कुश्ती लड़ने का या फिर तैराकी का। सबसे अधिक शौक तैरने का, मछली पकड़ने का तथा नौका-दौड़ का था। उनके पास अपनी नौका तथा मछली पकड़ने की बंशी थी। उनके अन्य शौक थे खेती के बैल, घोड़े तथा दुधारी भैंस रखने के।

'उनके मेली-मुलाकाती भी भिन्न किस्म के लोग थे।

'उनका खास मेल-जोल नाव वाले एक सरदार के साथ था। पास ही नौकावालों का, मल्लाहों का एक गांव था। ये लोग राजमहल से लेकर भगवानगोला, लालगोला तथा मुर्शिदाबाद तक नौका खेते थे। किराये पर नौका चलाते। ये देह से बहुत बलवान थे। नौका-दौड़ के सिलसिले में उनके सरदार से छोटे भाई की बहुत घनिष्ठता हो गई थी।

'ये लोग खेती के काम में भी बहुत निपुण थे, पर धर्म से मुसलमान ही थे। छोटे भाई इनके सरदार के साथ ढोल-मजीरे बजाकर गाने की महफिल जमाते तथा नौका में घूमते। लोग-बाग निन्दा भी करते, लेकिन जिनके कान पर जूं भी न रेंगे उन्हें कहने से फायदा ही क्या था ! बड़े भाई से अलग रहते थे। चौका अलग हो तो बाप भी पड़ोसी वाली कहावत चरितार्थ हो रही थी। बड़े भाई को कुछ कहने का अख्तियार ही कहा था ! इसके अलावा बड़े भाई छोटे भाई से डरते भी थे। फिर सोने में सुहागे की तरह छोटे भाई का परिवार भी उन्हींकी तरह विचित्र मिज़ाज का था। लड़के-बच्चों की मां भी धर्म-अधर्म कुछ नहीं मानती थी। उसके लिए तो पति की बाद ही वेद-वाक्य थी।

'अचानक वह नौकावाला सरदार मर गया। गंगा में गिरी किसी वस्तु को निकालते समय एक बड़ी मछली से छाती में चोट खा गया, लेकिन मरने से पहले उसको होश आया तब उसने कहा था—मेरी शेरिना बेटी को तुम संभालना।

'शेरिना सरदार की एकमात्र बेटी थी। बिना मां की बेटी। सरदार की दो बीवियां और भी थीं, लेकिन उन दोनों के भी कोई संतान नहीं थी; इसलिए वे दोनों इस कोशिश में लगी रहतीं कि अपने पीहर में किसीके साथ शेरिना की शादी कर दें। चाहे जो भी कारण हो लेकिन सरदार उन दोनों को पसन्द नहीं करता था। सरदार की मृत्यु के बाद जब दोनों बीवियों एवं उनके गांव के लोग शेरिना की शादी के लिए षड्यन्त्र रच रहे थे, तब वह कायस्थ

बाबू उसे लेकर अपने घर चल दिए। इस बात को लेकर ज़ोरदार दंगा हो गया था। हमारे पुरखों ने उस झगड़े में लाशें बिछा दी थीं। उधर सरदार के गांव में खबर फैल गई कि वह कायस्थ बाबू शेरिना को उड़ाकर ले गए हैं और उसे अपनी रखैल बनाकर रखेंगे। इधर उनके खुद के गांव वालों ने कहा कि उनकी जाति भ्रष्ट हो गई है।

'इस बात को उन्हीं मुख्तार साहब यानी उनके बड़े भाई ने ही फैलाया था।

'छोटे भाई ने कहा— कुछ परवाह नहीं। वही अल्लाह और वही ईश्वर है। जो सत्यनारायण है वही सत्यपीर है। मनुष्य का धर्म एक ही है और वह है, दिल को सच्चा रखना। राम-रहीम को ज़ुदा न करो भाई, दिल को सच्चा राखो जी। सरदार मेरा दोस्त था। उसकी बेटी मेरी भी बेटी जैसी है। मेरा दिल झूठा नहीं है। मैं सच्चा आदमी हूं। मैं क्या उसको रखैल बनाकर रख सकता हूं ? हरे राम, हरे राम, ला इलाहीलिल्लिाह ! दुनिया के बेईमानों को तुम सज़ा देना।

'और वह गांव छोड़कर चला आया। भगवानगोला में उसकी खेती थी; वहीं आकर रहने लगा और मुसलमान बन गया।

'सरदार की लड़की की भी शादी कर दी। घर और वर बहुत अच्छा ढूंढ़ा था उसके लिए।

'डेविड साहब, यह नजमा मेरे लिए उसी मल्लाह सरदार की बेटी के समान है, जिसका भार लेने का उस मल्लाह सरदार को हमारे पुरखों ने वचन दिया था और उस वचन का पालन करने में अपनी जाति तक छोड़ दी, पर उसको निराश्रित नहीं छोड़ा।'

हाजी साहब की वह कहानी मैं अवाक्-सा बैठा सुन रहा था।

हाजी साहब ने कहा, 'नजमा बेटी को तुम हमारे घर की बहूबेटियों के साथ निश्चित होकर भेज सकते हो। अब्बास हाजी उस वंश का लड़का है जिस वंश में ज़िन्दगी और वचन समान समझे जाते हैं।'

इतना कहकर हाजी साहब उठकर बाहर चले गए।

मैंने नजमा से सारी बात बता दी और अपनी तरफ से भी कहा, 'नजमा,

हाजी साहब ने बहुत अच्छी बात कही है। तुम उनकी बहू-बेटियों के साथ चली जाओ।'

लेकिन नजमा तो उल्टे दोनों हाथों से मेरा हाथ पकड़ दहाड़ मारकर रोने लगी, 'नहीं, नहीं, नहीं, भाई साहब, मैं मर जाना बेहतर समझूंगी। अगर आपने मुझे भेजा तो मैं मर जाऊंगी।' अपने बेटे को छाती से चिपकाकर उसने जो रोना शुरू किया तो रुकने का नाम ही नहीं लिया। बाहर चारों तरफ शोरगुल मच रहा था। साइकिल और रिक्शों पर चढ़कर लोग भागे जा रहे थे। साइकिल की घंटियों की आवाज़ तक में व्यस्तता का आभास मिल रहा था।

मैं नजमा के सामने स्तब्ध-सा बैठा सोच रहा था—क्या करूं ? क्या होने वाला है ?

इसी तरह बैठे-बैठे पता नहीं कितनी देर गुज़र गई। शायद बहुत देर बाद ही हाजी साहब की आवाज़ सुनाई दी, 'डेविड, डेविड !'

मैं बाहर निकल आया, 'कहिए ?'

'और क्या कहं ? तुमने क्या तय किया ? दोपहर होने को आई, पर मैं रात के विषय में सोच रहा हूं। अगर रात होने पर शैतान यहां पहुंचे तो मुसीबत आ जाएगी। लोग सोए रहेंगे उस वक्त। उन्हें उठकर खड़े होने का मौका भी नहीं देंगे। कुछ लोग तो शाम से पहले ही गांव छोड़कर निकल जाएंगे। हम अपने घर की औरतों को रात का पहला प्रहर बीत जाने पर भेजेंगे। नजमा जाएगी ? बोलो, क्या तय किया ?'

मैंने कहा, 'नजमा नहीं जाएगी, हाजी साहब ! वह तब से सिर्फ यही रट लगाए हुए है कि अगर उसे भेजा तो वह मर जाएगी। प्राण दे देगी। मुझे छोड़कर वह किसी तरह भी तैयार नहीं।'

'पर तुम करोगे क्या ?'

'वही तो मैं सोच रहा हूं।'

'सोचने-विचारने के लिए अधिक समय नहीं है, डेविड ! आज रात को ही या कल सुबह के पहले प्रहर की समाप्ति तक अवश्य ही खान सैनिक यहां पहुंच जाएंगे, ऐसी खबर मिली है मुझे, जिसमें भूल की कोई गुंजाइश नहीं है। मुस्लिम लीगी अबू ताहिर, वह हमारे ही जाति-गोत्र का है, और रिश्तेदारों से बड़ा दुश्मन

दूसरा नहीं होता, डेविड !'

उन्होंने एक ठंडी आह भरकर फिर कहना शुरू किया, 'आबू ताहिर आएगा, उसके साथ आएगा वही मिल वाला पंजाबी, जफर खां ! वह कितना भयंकर व्यक्ति है, यह बात बिना उसे देखे केवल सुनकर नहीं समझी जा सकती।'

कुछ क्षण चुप रहने के बाद उन्होंने फिर कहा, 'हमारी औरतों के साथ तुम्हें भेजने पर कोई भी सहमत नहीं होगा। बुरा न मानना डेविड, विश्वास-अविश्वास का सवाल है।'

फिर तुरंत बोले, 'एक बात और है, डेविड ! तुम नजमा को साथ रखने पर मुसीबत में फंस जाओगे। इस देश के ग्रामीण अंचल के लोग तुम्हारी आंखों तथा शरीर का रंग देख तुम्हें पंजाबी समझेंगे। दूसरी ओर, खान सैनिक इस काली लड़की को तुम्हारे साथ देखकर इसको...

'इसको बचा पाना असंभव हो जाएगा, डेविड ! इस देश की लड़कियों के प्रति जितनीं उनकी लालसा है उतनी ही नफरत भी है उनसे। तुमने तो खुद रेडियो पर सुना है कि चटगांव में खान सिपाहियों के एक कर्नल ने क्या कहा है। एक यूरोपियन से कहा था उसने—इस देश के सभी पुरुषों को जान से मार डाला जाएगा। तब सुख की ज़िन्दगी जीएंगे हम। इस देश की लड़कियों को हम अपने यहां बांदी बनाकर रखेंगे। वे हमारी रखैल बनेंगी। ...ज़रा पानी तो लाना, डेविड ! थोड़ा-सा जल।'

हाजी साहब ने पानी लेकर अपनी आंखों तथा पूरे चेहरे पर छिड़का, उसके बाद बोले, 'सुन डेविड, मैं आज ही, इसी वक्त एक मौलवी साहब को बुलाकर तुम्हारी शादी करवा देना चाहता हूं। अन्यथा तुम किसी हालत में नजमा को नहीं बचा सकोगे। बेटी बताओगे तो छीन लेंगे, बहन बताओगे तो भी छीन लेंगे, और कोई शक नहीं अगर मां बताने पर भी छीन लें तो। सिर्फ अपनी पत्नी बताकर ही तुम उसे कलेजे से चिपकाकर रख सकते हो।'

"हाजी साहब अद्भुत व्यक्ति थे। उसी दिन मौलवी से हमें कलमा पढ़वाकर, निकाह का काम सुलटा देना चाहते थे। फिर बोले थे, 'डेविड, तुम्हें अपने यहां

की महिलाओं के दल के साथ भेजने में असमर्थ हूं, इस बात से मेरे दुःख का कोई पार नहीं है, पर तुम्हीं बताओ, मैं क्या करू ?'

उन्होंने लम्बी ठंडी सांस भरी थी।

उस समय रात घिर आई थी। गांव छोड़कर जाने का काम शुरू हो गया था। गांव के कदम-कदम पर अवामी लीग के लड़के पहरा दे रहे थे। उनका पहनावा लुंगी और गंजी था तथा कमर में गमछे बंधे हुए थे। हाथों में बल्लम, भाले, लाठी वगैरह; किसी-किसीने कमर में गंडासे खोंसे हुए थे।

मैंने सुना था कि यह पहरा मैदान से होता हुआ उधर बड़े रास्ते तक चला गया था। इस ओर नदी के किनारे तक चला गया था। खान सिपाहियों के आने का आभास मिलते ही वंशी की आवाज़ संकेत के रूप में हवा के साथ तैरती हुई गांव तक पहुंच जाएगी। गांव में जो लोग सन्देह के पात्र थे, उनके घर के चारों तरफ पहरा बैठा दिया गया था ताकि वे बाहर न निकल सके। जिस तरफ रास्ता कुछ निरापद था उधर से दो-चार बैलगाड़ियों पर लोग जा रहे थे, लेकिन अधिकांश लोग पैदल ही जा रहे थे। कमर तथा सिर पर पोटलियां लिए औरतें चल रही थीं तथा पुरुष कंधों पर बोझ लादे चल रहे थे। कितने ही रिक्शे औरतों और बच्चों को लाद-लादकर ले जा रहे थे और मैदान के किनारे छोड़-छोड़कर आ रहे थे।

हाजी साहब अपने चबूतरे पर बैठे थे। उनके सामने उस समय भी लम्बे बांस में लगा अवामी लीग का झंडा फहरा रहा था। हाजी साहब के पास ही उनका मंझला लड़का अमानुल्ला बैठा था। वह राजशाही से आज शाम को ही यहां आया है। राजशाही के स्कूलों-कॉलेजों को तोड़-फोड़कर मिट्टी में मिला दिया गया है। जो कुछ ढाका में हो रहा है, वही सब वहां भी हो रहा है। कॉलेज में पढ़ने वाला हाजी साहब का बेटा इरफान नहीं रहा। गोली द्वारा मारा गया वह। बड़ा लड़का आशानुल्ला वकील था एवं अवामी लीग के उम्मीदवार की हैसियत से चुनाव में जीता था। उसको अरेस्ट करके ले गए हैं। वह जीवित है या नहीं, कुछ पता नहीं। मंझला लड़का अमानुल्ला, जो स्कूल मास्टर था, किसी तरह बचकर भाग निकला था और नौका तथा बस से सफर करके और काफी दूर पैदल चलकर उसी शाम वहां पहुंचा था।

वही बता रहा था तथा हाजी साहब सुन रहे थे। बता रहा था, 'राजशाही से ई० पी० आर० के सिपाही अपनी-अपनी बन्दूकें लेकर भाग आए हैं तथा बंगला देश के खाते में अपना नाम लिखवा लिया है। पाक सिपाहियों ने एक बड़े पुलिस ऑफिसर को गोली मार दी है।'

हाजी साहब ने कहा, 'इरफान छाती पर गोली खाकर मरा है ? उसकी मृत्यु के समय तुममें से कोई उसके पास था ?'

अमानुल्ला कुछ भी नहीं बोला।

हाजी साहब ने कहा, 'खैर, मुझे इस बात का कोई दुःख नहीं है। मैं मुसलमान हूं। खुदा के नाम पर सब कुछ दे दूंगा, यह प्रण कर चुका हूं। मैं बंगाली हूं, बंगला देश के लिए लड़ने को तैयार हुआ हूं तो जान की बाज़ी तक लगा दूंगा। मुझे कोई गम नहीं है। उसके मरने का। आठ पीढ़ी पहले हम हिन्दू थे। भाइयों की दुश्मनी-वश जात खो बैठे। पतित करार दे दिया गया था हमें। अतः देश छोड़कर चले आए हम। आकर भगवानगोला में बस गए। पलासी की लड़ाई में नवाब सिराजुद्दौला हार गए थे, क्योंकि उस लड़ाई में सिपहसालार मीरजाफर ने गद्दारी करके कम्पनी को जिता दिया था। नवाब के सैनिक गोलियों और गोलों से मारे गए। उन्हीं में मोहनलाल मीरमदन भी मारा गया था, उसके साथ हमारे वंश के शेख मंजूर हुसेन साहब ने जान दी थी। उनके साथ उनका बीस बरस का जवान बेटा मुमताज हुसेन था; वह भी मारा गया। जिस वक्त बेटे ने प्राण दिए उस वक्त बाप घोड़े पर सवार तलवार हाथ में लिए एक फिरंगी से लड़ रहा था। लड़के ने उन्हें पुकारकर कहा—अब्बाजान, मैं जा रहा हूं।

'बाप ने कहा—डरो मत, तुम सीधे बहिश्त में जाओगे।

'और तभी एक गोली उनकी छाती में आ लगी थी।'

मैं भी पास बैठा हुआ उन दोनों की बातें सुन रहा था और सोच रहा था कि मैं अब यहां से उठूं। उठूं और रवाना हो जाऊं। बिना किसी मंज़िल या लक्ष्य को सामने रखे रवाना हो जाऊं। वन-जंगल या किसी नदी-किनारे चला जाऊं। मैमनसिंह के उस तरफ पहाड़ हैं, बारिसाल-खुलना की ओर सुन्दर वन हैं। वहीं किसी निर्जन कोने में इस लड़की नजमा को एक झोपड़ी बना दूंगा और कहूंगा—नजमा, अपने चांद को लेकर तू यहां रह, अल्लाह तुझे और तेरे लड़के को खुश रखे। मुझे जब भी

तू कहेगी कि बड़े भाई, अब तुम जाओ, तभी मैं चला जाऊंगा।"

पता नहीं डेविड आर्मस्ट्रांग ने भारतीय पुलिस ऑफिसर के चेहरे की तरफ देखकर क्या सोचा, उसके बाद बोला, " उस रात का अंधकार एक आश्चर्यजनक अंधकार-सा लग रहा था। वह अंधेरा एक साधारण रात का अंधेरा नहीं लग रहा था जो सूर्य अस्त होने पर शुरू होता है और सूर्य उदय होते ही खत्म हो जाता है। ऐसा लग रहा था कि उस रात का अंधकार कभी खत्म ही नहीं होगा।

हमारे शहर में उस अंधकार से जैसे मुर्दनी-सी छा गई थी; मानो शहर गूंगा हो गया था। उस मुर्दनी छाए सन्नाटे में कुछ कम उम्र के नवजवान हाथों में लाठी, भाले, बर्छ आदि लिए घूमघूमकर पहरा दे रहे थे। संख्या में शायद पन्द्रह-बीस होंगे। बाकी लोग भय से सहमे हुए थे। वे एक-दूसरे से बिलकुल सटकर, तथा एक-दूसरे का वस्त्र कसकर पकड़े हुए निःशब्द चल रहे थे। रात बिलकुल काली थी, आकाश में बादल छाए हुए थे। रोशनी जलाना सख्ती से मना था। उस गहरे अंधेरे में दल बनाकर लोगों का निःशब्द चलना, काली-काली चलती-फिरती आकृतियों का दिखना, देखने वालों के दिलों में एक विचित्र भय की सृष्टि कर रहा था।

मस्जिद के सामने चबूतरे पर हाजी साहब बैठे थे। मैं भी उन्हींके पास बैठा था। नजमा भी बैठी थी अपने बेटे को गोद में लिए। हाजी साहब चाहते थे, नजमा के साथ मेरा निकाह कर देना। वह बात सुन नजमा बुद्धू की तरह मेरी ओर देखती ही रही थी। अपने बेटे चांद को उसने छाती से लगाकर भींच रखा था। मैं लज्जित हो गया। इस तरह की बात मानो वह बरदाश्त नहीं कर पा रही थी। मैंने हाजी साहब से कहा था, 'हाजी साहब, आप मेरे लिए हज़रत-तुल्य हैं। आप मुझे ऐसा हुक्म मत दीजिए। नजमा मेरे लिए सिर्फ नजमा है। आप चाहे उसे मेरी बहन, बेटी, जो कुछ भी समझ लीजिए। उसे तथा उसके बेटे को किसी सुरक्षित स्थान पर पहुंचाकर मैं निश्चित हो जाऊंगा।'

हाजी साहब ने कहाथा, 'मैं तुम्हारे पिता की उम्र काया शायद उससे भी बड़ा हूं, डेविड ! मैं तुम्हें आशीर्वाद देता हूं। तुम्हारा भला हो, बेटा ! आगे तुम्हारा नसीब और खुदा की मर्जी !'

नजमा तभी से मेरे पीछे मेरे कुरते का कोना पकड़े बैठी थी। चांद उसकी गोद में सो रहा था। वह भी अंध रही थी।

इसी बीच हाजी साहब ने किसी जमाने की एक कहानी सुना डाली। कॉलेज में पढ़ने वाला बेटा इरफान गोली खाकर मर गया है, बड़ा लड़का, राजशाही का वकील, आशानुल्ला, पकड़ा गया है। पाकिस्तानी खान सिपाहियों के दल ने उसे अरेस्ट कर लिया है। उसको पकड़वाया है जमायते-इस्लाम के किसी अख्तर हुसेन ने। यह खबर सुनकर हाजी साहब ने कहा था, 'मैं मुसलमान हूं। खुदा के नाम पर सब कुछ न्योछावर कर देने की शपथ खाकर ही युद्ध के मैदान में उतरा हूं। मैं गम नहीं मनाऊंगा।'

उक्त बात कहते-कहते ही उन्हें अपने वंश की पुरानी घटना याद आ गई। बातें योंही याद आया करती हैं। फिर अतीत गौरव तो किसी तरह भी नहीं भुलाया जा सकता। याद आ गया था—दो सौ चौबीस साल पहले का पलासी का युद्ध, युद्ध में उनके पूर्व-पुरुष मंजूर हुसेन तथा उनके बेटे मुमताज हुसेन के प्राणोत्सर्ग की बात। वे दोनों बाप-बेटे नवाब सिराजुद्दौला की ओर से लड़े थे। हाजी साहब का दूसरा बेटा अमीनुल्ला बाप के पास बैठा था। वह पत्थर की मूर्ति-सा बैठा था; पर शायद यह वाक्य उपयुक्त नहीं। यों कहना चाहिए कि शनैः-शनैः पत्थर हुए जा रहे मनुष्य की सी हालत हो रही थी उसकी। बिलकुल यों बैठा था मानो काठ मार गया हो। सिर्फ कभी-कभी ज़ोर-ज़ोर से सांस लेने से पता चलता था कि वहां पत्थर की मूर्ति नहीं, जीवित प्राणी बठा है।

अमानुल्ला ने बाप को टोक दिया, 'अब्बा !'

हाजी साहब ने पूछा, 'क्या ?'

अमानुल्ला ने कहा, 'उन बातों को अभी जाने दीजिए।'

'क्यों रे ? सुनकर तेरे मन में जोश पैदा नहीं होता ? अपने पुरखों की बातें सुनकर तेरा सोया जोश जाग नहीं उठता ?'

अमानुल्ला बोला, 'मैंने सुना है, राजशाही का नामी इस्लामी पंडा भी तो हमारे ही खानदान का है; शायद मेरा चाचा-वाचा कुछ लगता है। अख्तर हुसेन नाम है उसका !'

'हां अमानुल्ला, वह तेरा चाचा लगता है। अख्तर मेरा ही भाई है। अख्तर के दादा तथा मेरे दादा एक ही बाप के बेटे थे, सिर्फ मां दोनों की अलग थीं। मेरे दादा की मां इसी देश की बेटी थी और अख्तर के दादा की मां आगरा शहर के एक शिक्षित खान की बेटी थी। कोई ज्यादा फर्क तो नहीं था। मेरे दादा तथा अख्तर के दादा एकसाथ एक ही आंगन में खेला करते थे। अख्तर के साथ हमारी दो ही पीढ़ियों की दूरी है।'

'उन्हीं अख्तर हुसेन साहब ने भैया को पकड़वा दिया है। राजशाही शुरू में ही हमारे कब्जे में आ गई थी। उस वक्त हमारे दल ने कहा था कि लीग और जमायते-इस्लाम के दुश्मनों को खत्म कर दो। उनको जीवित मत छोड़ो। पर किसीने भी उस वक्त हमारी बात नहीं सुनी। सभीका ख्याल था कि याहिया और टिक्का खां कुछ ही दिनों में समझौता करके मामले का निपटारा कर लेंगे। लेकिन परिणाम आपके सामने है—उन्हीं लोगों ने आज मौका पाकर भैया को पकड़वाकर मरवा डाला है। इधर आपने ताहिर मियां को छोड़ रखा है। पर ताहिर मियां आपको नहीं छोडेंगे।'

हाजी साहब ने कहा, 'इरफान तो गोली खाकर मरा है, लेकिन आशानुल्ला को गिरफ्तार करके जीवित तो रखा है न, या...? बता अमीन, मुझे सच-सच बता। मुझे लगता है तू सच बात बताने में हिचकिचा रहा है।'

अमानुल्ला ने रुंधे गले से चीखकर कहा, 'हां, हां, हां, जिसे तुम अपना भाई कहते हो, जिसे हमारा चाचा बताते हो, उसीने भैया को मरवाया है। एक चश्मदीद गवाह ने ही यह सब मुझे बताया है।

'तो आशु भी नहीं रहा ?'

अब अमानुल्ला बच्चों की तरह रो पड़ा। बोला, 'नहीं, बड़े भैया नहीं रहे। बन्दूक की गोली मारकर ही उन्हें नहीं छोड़ा, बायोनेट से कोंच-कोंचकर मारा है। मेरे बड़े भैया अब इस दुनिया में नहीं हैं।'

'चुप हो, अमीन, सब्र कर। तेरी मां सुनेगी तो वह रोएगी। उसके रोने-धोने की आवाज़ से कालूखाली के पथ-घाट तक के दिल दहल उठेंगे। सब जगह बात फैल जाएगी। चुप कर बेटा ! बस कर !'

मिस्टर ऑफिसर, मैंने अपनी ज़िन्दगी में इतना बड़ा दुःख तथा ऐसा

काला अंधकार, जिसने सारे संसार को ही ढक लिया हो, कभी नहीं देखा। इससे पहले भी, तथा इसके बाद भी, मैंने अकेले बैठे-बैठे रातें जागकर व्यतीत की हैं। मेरी पत्नी छाया की मृत्यु के बाद करीब दो साल तक संन्यासी-विरागी की तरह घूमता रहा हूं मैं। पैदल चला, नौका में रात-रात-भर अकेले जागकर रातें व्यतीत की हैं मैंने। उसके बाद भी नजमा को साथ लिए गाछ तले, सड़क के किनारे, किसी गांव की मस्जिद के बरामदे में, किसी टूटे-जले हुए मकान में या किसी स्कूल के चबूतरे पर रातें बिताई हैं। नजमा सोई तथा मैं जागता रहा हूं। चाहे बादल गरजे, बिजली चमके, या हवा के तेज झोंके चले, लेकिन मैंने बैठे-बैठे रातें बिताई। इतना सब भोगा है मैंने, पर ऐसा दु:ख मुझे कभी महसूस नहीं हुआ; रात इतनी लम्बी भी हो सकती है, मैंने कभी नहीं जाना।

हाजी साहब ने मुझसे कहा था, 'सुबह मैं तुम्हें थोड़ा आगे तक पहुंचा आऊंगा, अभी तुम कुछ देर सो लो।'

लेकिन मुझे नींद नहीं आई। बहुत देर तक अंधेरे में रहने के कारण ऐसा महसूस होने लगा मानो मेरी आंखें अंधेरे में भी देख सकती हैं। मैं देख रहा था उस वृद्ध को। यों लग रहा था मानो वह बैठा-बैठा अपने-आप ही से ही बात कर रहा हो। पर दरअसल वे कह रहे थे अमानुल्ला से। थोड़ी देर बाद इरशाद तथा इकबाल आ गए थे वहां। इसके अलावा वहां मैं और नजमा भी थे। नजमा सो रही थी।

हाजी साहब ने बेटे से पूछा, 'तो तुम्हारा कहना है कि आशानु को अख्तर ने पकड़वाया है और खुद खड़ा रहकर उसे गोली मरवाई है ? हो सकता है। इसे मैं कोई नई बात नहीं समझता। शायद उससे यही उम्मीद भी थी। उसका यह आक्रोश आज का नहीं है बेटे, मेरे दादा लोगों के ज़माने से दोनों परिवारों के बीच यह मनमुटाव चला आ रहा है। मेरे दादाजी के पिता का नाम मुहम्मद उस्मान साहब था। उन्होंने मेरे दादा की मां से शादी की थी। वह इसी देश की बेटी थी। उसके पिता एक बहुत बड़े जोतदार थे। मुहम्मद उस्मान बहुत बहादुर व्यक्ति थे। उन्होंने ज़मीन पर खड़े-खड़े ही तलवार के वार से एक बाघ को मारा था। ऐसे बहादुर लड़के को जमाई

बनाने के लिए उनके ससुर ने शादी में बहुत खर्च किया था। दहेज में बहुत-सी ज़मीन दी थी। मेरे दादा की मां का लाड़-प्यार का नाम परी था। वह इतनी खूबसूरत थी कि पड़ोसियों ने उसका परी नाम रख दिया था। मुहम्मद उस्मान उसे काली परी, नील परी कहा करते, क्योंकि वह खूबसूरत तो थी पर उसका रंग काला था। मेरे दादा का रंग भी अपनी मां की तरह काला ही था। मुहम्मद उस्मान गोरे तो नहीं थे, पर विशेष काले भी नहीं थे। उन्होंने दूसरी शादी आगरा शहर में की थी। ईरान से आए तथा यहीं बस गए। एक शिक्षित खान साहब की बेटी से शादी की थी। उसका रंग मक्खन-सा सफेद था। बालों में बादामी रंग की झलक दिखाई देती तथा दोनों आंखें बिल्ली जैसी थीं। घर के नौकर-नौकरानी तथा पड़ोसियों में कोई उसे माखनिया बीबी कहता तो कोई बादामी बीबी कहता तथा कोई कहता बिल्ली बीबी। मुहम्मद उस्मान उसे ईरानी बीबी कहा करते। वह उर्दू के अलावा किसी भाषा में बात नहीं करती थी। उसके लिए आगरा से दासी-बांदियां बुलवाई गई थीं। सिर्फ उसके लिए ही दासी नहीं बुलवाई गई थीं बल्कि अख्तर के दादा की संभाल के लिए आया भी बुलवाई गई थी। ईरानी बीबी के लिए मुहम्मद उस्मान साहब को अलग महल का भी इन्तज़ाम करना पड़ा था, क्योंकि ईरानी बीबी का ख्याल था कि उसके लड़के इस ओछे मुल्क के ओछे आदमियों की सोहबत में बिलकुल बेखानदानी और गंवार हो जाएंगे। अख्तर के दादा को बंगला भाषा अच्छी तरह बोलनी नहीं आती थी। पर मेरे दादा की मां यानी मुहम्मद उस्मान साहब की काली परी बीबी, अलग किस्म की औरत थी। वह बिलकुल इस देश की लड़कियों की तरह थी। ठंडे स्वभाव वाली, हरदम हंसमुख रहने वाली तथा इस देश की औरतों की तरह पति पर श्रद्धा रखने वाली, पति को चाहने वाली थी। उसके पिता की दी हुई अढ़ाई सौबीघा उर्वर ज़मीन थी, आमा का बाग था, मछलियों से भरा पोखर था। कहने का तात्पर्य कि हमारे दादा के घर की हालत बहुत अच्छी थी, लेकिन यही तो कारण हो गया भाइयों में पारस्परिक वैर का।'

हाजी साहब ने हंसने का अभिनय किया। उस गहरी, काली एवं गंभीर रात की वह आश्चर्यजनक हंसी ! ओह ! उस एक टुकड़ा हंसी में कितने अर्थ छिपे

थे, कह नहीं सकता। पहले तो मुझे लगा कि उपहास से भरी हुई है वह हंसी, पर उसके बाद लगा, नहीं, यह हंसी नहीं हो सकती। शायद हाजी साहब...

और इस ख्याल के आते ही मैंने चौंककर हाजी साहब की ओर बहुत गौर से देखा था। पर नहीं, वे रो नहीं रहे थे।

हाजी साहब ने कहा, ' मछली के मुंड के कारण ही हमारे पुरखों में लड़ाई ठन गई। मेरे दादा की मां को अपने पिता से ज़मीन मिली थी, पोखर मिला था, आम का बाग मिला था। ये पोखर और ज़मीन और बाग भगवानगोला के समीप थे। गंगा से कुछ कर भी प्राप्त होता था। मछुए रोज़ गंगा में मछलियां पकड़ा करते तथा उसका कर दिया करते। इसके अलावा रोज़ एक मछली भी आती थी। वह मछली आठ-दस सेर से कम नहीं होती थी वज़न में। मछली परी बीबी के महल में आया करती, क्योंकि वही बड़ी बेगम थी। वह मछली को काटकर कुछ हिस्सा ईरानी बीबी के महल में भेज देती, लेकिन मछली का मुंड मेरे दादा की मां के यहां ही रख लिया जाता था।

'ईरानी बीबी को यह सहन नहीं हुआ। उसने कहा—ऐसा क्यों होगा?

'जब कहने-सुनने का कोई असर नहीं होता तो ईरानी बीबी खुद पहुंच जाती परी बीबी के यहां। वहां खुद के तथा नौकर-नौकरानियों के बल पर मछली छीन ले जाने की कोशिश करती। आखिर यह मामला कोर्ट में पहुंच गया। पर यह सब मुहम्मद उस्मान की मृत्यु के पश्चात् हुआ। तब तक ईरारी बीबी का लड़का मुहम्मद फैज़ुल्ला बी०एल० पास कर वकील बन गया था। उसका रंग, बाल तथा आंखें सब मां की तरह थे। शेरवानी, पाजामा के अलावा कोई दूसरी ड्रेस नहीं पहनता था वह। उन कपड़ों पर काला गाउन पहनकर कोर्ट जाता। और मेरे दादा, मुहम्मद उस्मान, की परी बीबी के बड़े लड़के तो बस खेती-बाड़ी, गाय-बछड़ों आदि में ही मस्त रहते। लोग कहते—नासिर मियां के हाथों से सोने की फसल उगती है। सिर पर ईश्वर का हाथ है। इसीलिए और लोगों के खेत में जितना अनाज उगता है, नासिर मियां के खेत में उससे दुगुना तो उगेगा ही, ज्यादा भी उगे तो आश्चर्य की बात नहीं।...लम्बे-चौड़े शरीरवाले काले जवान थे मेरे दादा। वे अगर गंगा के इस पार खड़े होकर

हा-हा करके हंसते तो गंगा के उस पार पेड़ों की शाखों पर बैठे पक्षीगण चौंककर कल रव शुरू कर देते। बहुत ही दरियादिल व्यक्ति थे वे। पढ़े-लिखे अधिक नहीं थे। बचपन से ही खेती-बाड़ी की ओर झुकाव था। ज़मीन-जायदाद भी उन्हींके पास अधिक थी। खेती की संभाल का इन्तज़ाम किए बिना मुहम्मद हुसेन का इतना बड़ा परिवार किस प्रकार चलता ? इसलिए उन्होंने शुरू से ही बड़े बेटे को खेती के काम में लगा दिया था। नसरुल्ला हुसेन ने कुछ वर्षों में ही एक हाथी खरीद लिया था। घर में घोड़ा था पर हाथी नहीं था। उनके पिता मुहम्मद उस्मान की बहुत दिनों से एक हाथी खरीदने की इच्छा थी। उस अंचल में शिकार बहुत पाए जाते थे। गंगा के किनारे के जंगलों में प्रायः बाघ आया करता था। हाथी पर बैठकर शिकार करने में बहुत सुविधा रहती थी। पर मुहम्मद उस्मान खुद अपना शौक पूरा नहीं कर सके; उनके बड़े बेटे नसरुल्ला ने हाथी खरीदकर उनकी वह इच्छा पूरी की थी।

'लेकिन मुहम्मद उस्मान हाथी खरीदने के दो साल बाद ही मर गए थे। उनकी हाथी पर बैठकर शिकार करने की इच्छा पूरी न हो सकी।

'झगड़े के विषवृक्ष का जो बीज मकान के आंगन के एक कोने में अज्ञात रूप से धीरे-धीरे पनप रहा था, मुहम्मद उस्मान की मृत्यु के पश्चात उसमें हठात् फूल खिल उठे और उसने विषगंध से घर के वातावरण को विषाक्त बना दिया।

'वकील शेख फैजुल्ला ने अदालत में विल (वसीयत) दाखिल की। मुहम्मद उस्मान अपनी जायदाद की विल कर गए थे। उन्होंने करीब-करीब अपनी समूची जायदाद ईरानी बीबी के गर्भ से जन्मे बेटे के नाम कर दी थी। उसका कारण भी लिख गए थे कि ईरान की इस उच्चवंशीय पत्नी तथा उसके पितवंश के रक्त से सम्बन्ध कायम होने से उनके वंश की इज़्ज़त बढ़ गई है।'

इज़्ज़त सचमुच बढ़ी भी थी।

हाजी साहब ने कहा, 'वैसा सचमुच हुआ था। इस देश में गिनती के जो नवाबी घराने हैं, उनमें ईरानी बीबी की लड़कियों-लड़कों के सम्बन्ध हुए थे। फैजुल्ला साहब यानी अख्तर के दादा की शादी भी एक नवाब की लड़की से हुई थी।

अमानुल्ला ने कहा, 'इन सब बातों को छोड़िए, अब्बाजान ! आप ही बताइए, अब इन बातों को दोहराने से क्या लाभ है ?'

हाजी साहब ने जवाब दिया, 'ओह अमीन बेटा, उस दिन मुहम्मद हुसेन की मंझली बेगम, ईरानी बीबी, ने भगवानगोला का वह घर छोड़कर जाते समय कहा था—मेरी आज जितनी बेइज़्ज़ती हुई है उसका बदला किसी न किसी दिन अवश्य ही लिया जाएगा। फैजुल्ला नहीं ले सका तो उसका बेटा लेगा, वह भी नहीं ले सका तो उसके बेटे का बेटा लेगा, लेकिन बदला अवश्य लिया जाएगा।

'फैजुल्ला साहब द्वारा पेश की गई विल अदालत द्वारा अस्वीकृत कर दी गई। वे मुकदमा हार गए। उस मुकदमे में हारकर बहुत बुरी हालत में वे लोग राजशाही गए थे। सहारा था ससुराल का।

'तब से वे लोग राजशाही में ही हैं। भगवानगोला के शेख मुहम्मद हुसेन का नाम भी वे कम ही बताते हैं लोगों को। जब पुरखों का परिचय देने का काम पड़ता है तो शेख फैजुल्ला के नाम का ही उल्लेख करते हैं। ईरानी बीबी ने बदला लेने की जो कसम खाई थी उसकी याद अभी तक उनके दिलों में बरकरार है, अमीन बेटे ! इतने दिनों बाद उसीका बदला लिया है अख्तर हुसैन ने।

'अख्तर का बाप यानी फैजुल्ला का बड़ा लड़का सिराजुल हुसेन बहुत विद्वान व्यक्ति था। वह अलीगढ़ से पढ़कर आया था। मेरे अब्बाजान उसके चचेरे बड़े भाई लगते थे। उससे अब्बाजान की भेंट कलकत्ता में शेरे-बंगाल फ़ज़लुल हक साहब के घर पर हुई थी। यह बात सन् 1924 की है। प्रथम कौंसिल के चुनाव हो चुके थे। फ़ज़लुल हक ने कृषक-प्रजा पार्टी बनाई थी। चीफ मिनिस्टर बन गए थे। अब वे मिनिस्ट्री बनाएंगे, उसीका सलाह-मशविरा चल रहा था। मेरे पिता, फजलुल हक साहब की पार्टी में महत्वपूर्ण व्यक्ति थे। उधर कांग्रेस किसी तरह भी आगे नहीं आई, सहयोग नहीं दिया। राजा, जमींदार, रायबहादुर, खां बहादुर, नवाब बहादुर, आदि सभी फ़ज़लुल हक साहब के पास आए। मेरे पिता कृषक-प्रजा पार्टी के बहुत ही महत्त्वपूर्ण व्यवित थे। वे एम० एल० सी० नहीं बने थे, लेकिन मीटिंग वगैरह की देख-भाल वही किया करते थे।

सिराजुल साहब को आया देख उन्होंने उनसे परिचय करना चाहा, पर सिराजुल साहब ने भाई को पहचाना ही नहीं।

'मेरे अब्बा ने कहा—मैं आपसे परिचय करने आया हूं। आप शायद मुझे नहीं पहचानते, पर हम बहुत ही निकट सम्बन्धी हैं। मैं भगवानगोला के मुहम्मद हुसेन के बड़े लड़के नसरुल्ला हुसेन का बड़ा बेटा हूं।

'सिराजुल साहब ने कहा—मैं बंगला अच्छी तरह नहीं समझता।

'यह बात सुन स्वयं फ़ज़लुल हक साहब ने सिराज़ुल को अंग्रेज़ी में समझाकर कहा था—ही इज योर कज़िन (यह आपके चचेरे भाई हैं)।

सिराज़ुल ने अकड़कर कहा—क्या बात करते हैं आप ?

—आप मुशिदाबाद भगवानगोला के अपने दादा मोहम्मद हुसेन को बिलकुल जानते हैं !

—हां ! हां !

—यह हैं जनाब नसरुल्ला हुसेन। जनाब नसरुल्ल भी जनाब मोहम्मद हुसेन के एक पोता हैं।

'सिराजुल साहब ने व्यंग्य से हंसकर जवाब दिया—वास्तव में वह एक बड़ी शान-शौकत वाले बुज़ुर्ग थे। कितनी तो उनके बीवियां और रखैलें थीं। मुझे तो उनके लड़कों के नाम तक नहीं याद हैं। ऐण्ड यू सी कि हममें उनसे बड़ा फर्क है। ज़बान का फर्क, हुलिया का फर्क, नैन-नक्श का फर्क ! क्या आपको ऐसा नहीं लगता ? क्या हम भाई-भाई लगते हैं ?

'उसकी वे ओछी बातें सुनकर फजलुल हक साहब ने भी उसे बहुत धिक्कारा था।

'सिराजुल साहब ने कहा था—मिस्टर हक, मुझे इसके अलावा और कुछ भी नहीं कहना है कि ये और हम एकसमान नहीं हैं। इसी कारण तो हमने भगवानगोला छोड़ राजशाही में रहना शुरू किया था। मुहम्मद हुसेन की सम्पत्ति में से भी हमने कानी कौड़ी तक नहीं ली है।

'अमीन बेटे, तुझे याद होगा, जब देश आज़ाद हुआ था तब हम लोगों की भी राजशाही जाने की ही बात थी। याद रहने जैसी बात ही है। आशु उस वक्त मैट्रिक पास कर कॉलेज जाने लगा था, तू मैट्रिक की परीक्षा देने वाला था। उस

वक्त तू सोलह या सत्रह साल का तो ज़रूर ही रहा होगा। मर्शिदाबाद एवं खुलना में हुए उलट-पलट की बातें तो याद होंगी ही तुझे ? मुर्शिदाबाद ने एक महीने तक पाकिस्तान का झंडा फहराया था तथा खुलना ने हिन्दुस्तान का। उसके बाद अदला-बदली हुई। मुर्शिदाबाद हिन्दुस्तान के हिस्से में चला गया तथा खुलना आया पाकिस्तान के हिस्से में। हम लोग सोच ही रहे थे कि भगवानगोला छोड़कर कहां जाएं कि राजशाही के राय लोगों ने अपनी ज़मीन-जायदाद बदलनी चाही। लेकिन पिताजी सहमत नहीं हुए। उन्होंने कहा—नहीं ! वहां दादाजी की ईरानी बीबी के पुत्र फैजुल्ला चाचाजी के लड़के रहते हैं। सिराजुल साहब के लड़के अख्तर हुसेन के बारे में मैंने घर में चर्चा सुनी है। उनकी खोज-खबर भी ली है।

'अमीन बेटे, मैंने अब्बा से कहा भी था—अब्बाजान, आप डरते हैं उनसे ?

'अब्बाजान ने कहा—हां अब्बास, मैं डरता हूं। मुझे सचमुच डर लगता है। सिराजुल उस्मान की बातें मेरे कलेजे में कांटों की तरह चुभ रही हैं। मेरी बात ध्यान से सुन तथा राजशाही जाने का खयाल दिल से निकाल दे। बेहतर तो यही है कि तू अब हमेशा के लिए भगवानगोला में ही रहे। मुर्शिदाबाद के और भी तो बहुत-से मियां, मौलवी, व्यापारी और ज़मींदार यहीं रह गए हैं। मुर्शिदाबाद के नवाब साहब भी नहीं गए। नालार के बदरुद्दौला भी नहीं गए। और भी बहुत लोग नहीं गए। उस दिन अबूल हासिम साहब के साथ भेट हुई थी। उन्होंने कहा, मैं लीग का सेक्रेटरी हूं। मुझे तो जाना ही पड़ेगा। नहीं जाता हूं तो पाकिस्तान झूठा नहीं कहलाएगा बल्कि मैं झूठा कहलाऊंगा...लेकिन पता नहीं, यह क्या हुआ ? '

हाजी अब्बास ने कहा, 'मेरे दिल में भी उन दिनों यही बात थी। मैंने भी अपनी ज़िन्दगी में पाकिस्तान के लिए कम लड़ाई नहीं की है। कम परेशान नहीं हुआ हूं। आठ पीढ़ी पहले के सुतीर घोष कायस्थ के साथ हुए उस झगड़े ने पता नहीं किस प्रकार 1946 के दंगे के समय दुगुना ही नहीं चार गुना उग्र रूप कैसे धारण कर लिया, यह बात आज तक मेरी समझ में नहीं आई है। पर इतना ज़रूर पता है कि विद्वेष की आग भड़क उठी थी। उस आग की तपन, उससे उत्पन्न कष्ट मुझसे सहन नहीं हुआ। डर भी लगा था।

'मृत्यु का डर नहीं, डर था कि इज़्ज़त रहेगी या नहीं। कहीं उन घोष लोगों के सामने सिर झुकाकर तो नहीं रहना पड़ेगा ? पर नहीं ! यह कहना गलत होगा कि सिर्फ यही एक आशंका थी। दरअसल मुझे डर लगा था तुम लोगों के बारे में सोचकर। मेरी हरी-भरी गृहस्थी थी। तीन पत्नियों से जन्मे छह बच्चे थे। बड़ी लड़की की शादी हो चुकी थी और उसकी गोद में बच्चा था। क्या उन सभीकी सुरक्षा का खयाल करके ही मैं नहीं डरा था ?

'राजशाही में बदले में मिलने वाली सम्पत्ति भी बहुत अच्छी थी, लेकिन पिताजी ने कहा—नहीं। राजशाही में अख्तर हुसेन बैठा है।

'कुछ रुककर, कुछ सोचकर पिताजी ने फिर कहा था—अब्बास बेटा, तुम यहां रहना नहीं चाहते, क्योंकि यह हिन्दुस्तान बनेगा, यहां सुतीर घोष का रोब बढ़ेगा, उसके सामने सिर झुकाकर रहना पड़ेगा। लेकिन ठीक यही हालत राजशाही की है। दादा फैजुल्ला भी हमारे पास से इसीलिए चले गए थे कि हमारे पास रहकर वे छोटे एवं हीन बने रहते। कलकत्ता में हक साहब के घर पर सिराजुल साहब से हुई भेंट में मैं उनके मन का क्षोभ तथा क्रोधाग्नि का ताप महसूस कर चुका हूं; अतः हमारा राजशाही जाना नहीं होगा।

'हमें पाकिस्तान आते-आते तीन साल लग गए। आखिर हम लोग अल्लाह का नाम ले इस कालूखाली में चले आए। बेटा, मैंने कसम खाई थी कि अब किसीके साथ भी झगड़ा-फसाद नहीं करूंगा। किसी प्रकार का हंगामा या हुज्जत भी नहीं करूंगा। अब पाकिस्तान आ गया हूं तो यहां जो कुछ भी नसीब में होगा, उसी में संतोष कर, मेहनत की रोटी खाऊंगा। सोने की फसल उगाऊंगा, सुखी परिवार बसाऊंगा, तुम लोगों को पढ़ना लिखना सिखाऊंगा, आदमी बनाऊंगा। पाकिस्तान की सेवा में अपना सब कुछ न्योछावर कर दूंगा। पाकिस्तान सोने का देश बनेगा। यहां आकर ईंटों का भट्ठा खोला। धान-चावल का व्यवसाय किया। अमीन, मैं रोज़ सुबह उठता, सुबह की नमाज़ पढ़ता, नमाज़ से उठते ही अपने-आपसे कहता—पाकिस्तान ज़िन्दाबाद ! पाकिस्तान ज़िन्दाबाद ! तुम लोगों को भी यही सिखाया था मैंने।'

एक दीर्घ निःश्वास छोड़ उस बूढ़े ने कहा, 'कायदेआज़म ढाका आए,

उन्होंने ऐलान किया—पाकिस्तान में पाकिस्तानशाही कायम करने के लिए राष्ट्रभाषा उर्दू मानी जाएगी। पूर्व पाकिस्तानी तथा पश्चिम पाकिस्तानी एक ही ज़बान में बात करेंगे; और वह ज़बान होगी उर्दू।

'अमीन बेटा, मैं ढाका गया था। कायदेआजम आए थे, अतः मेरी बुलाहट हुई थी। उनके लिए आयोजित सभा में मैं भी उपस्थित था। अचानक मैं चौंक उठा। मैंने सुना, अपने कानों से दो-तीन नौजवानों के गले की दृढ़ आवाज़ सुनी मैंने, मानो काल-बैसाखी के बादल गरज उठे हों—नहीं-नहीं-नहीं। उन तीन बार कहे एक ही शब्द की एक आवाज़ को मैं अच्छी तरह पहचान गया। वह आवाज़ थी तेरे बड़े भैया आशु की। और एक आवाज़ मुजीबुर की थी। उस समय मैं उन्हें नहीं जानता था। उनसे उसके अगले दिन परिचय हुआ था। मैं हक साहब के घर पर ठहरा था। उन्हींके घर सुबह के वक्त आशु आया, साथ में था मुजीबुर। मैंने पूछा—यह कौन है रे, आशु ?

'उसने कहा—शेख मुजीबुर रहमान। अपने ही जिले के हैं। इनका घर मदारीपुर में है।

'मैंने आशु से कहा—कल सभा में 'नहीं-नहीं' कहकर चिल्लाने वालों में तू भी शामिल था न, आशु ? मैंने तेरी आवाज़ स्पष्ट सुनी थी। क्या ठीक किया तूने ?

' जवाब दिया मुजीबुर ने—आशान भाई ने ठीक ही किया। है। यह बंगला देश है, बंगला भाषा हमारी मातृभाषा है। पाकिस्तान बनाने के लिए बंगला भाषा को मिटाकर उर्दू भाषा हमारे ऊपर लायेंगे तो हमारे घरों की काली मां-बहनों का क्या होगा, आप ही बताइए? हमारी काली मां-बहनें तो उर्दू जानती नहीं।

'बेटा अमीन, मैंने उसी दिन मुजीबुर को पहचान लिया था। एक बिलकुल काली लड़की, बिलकुल नजमा जैसी एक लड़की, जो एक बूढ़े का हाथ पकड़े भीख मांगा करती थी, उसकी ओर संकेत कर मुजीब ने कहा—इसे देखिए, यह उर्दू नहीं जानती तो क्या इसका बेटा इसे मां नहीं कहेगा ? इसका बेटा उर्दू नहीं जानता इसलिए क्या वह इस देश का नागरिक नहीं कहला सकेगा ? बताइए, जरा विचारकर आप ही बताइए?

'उसके बाद...

'उसके बाद,' कहकर हाजी साहब चुप रह गए। उधर रात भी प्राय: खत्म होने को थी। पूर्व दिशा की ओर आसमान में सुबह का तारा दीखने लगा था। आकाश का रंग कुछ-कुछ घिसे कांच सरीखा हो चला था। हम चुपचाप बैठे थे। गहरी नींद से अचानक जागकर बोलने की तरह बीच-बीच में कोई कौआ कांव-कांव कर उठता था। उस रात पता नहीं कहां से एक या दो उल्लू भी बहुत ही अशुभ आवाज़ में बोले जा रहे थे।

हाजी साहब ने उपहास उड़ाते हुए कहा, 'क्यों बेटा उल्लू, तू क्या कहना चाहता है ? डर दिखाता है ? पर इसमें तुझे सफलता नहीं मिलेगी। तू हमें डरा नहीं सकेगा। मैं किसीसे नहीं डरता।'

इतना कह उन्होंने आवाज़ की दिशा की ओर अपने दोनों अंगूठे दिखा दिए।

एक छोटा-सा शब्द 'हूं' कहकर उन्होंने फिर कहना शुरू किया, 'इस 21 फरवरी को ढाका में गोली चली थी, कारण, नौजवानों ने बंगला भाषा के नारे लगाकर एक शान्तिपूर्ण जुलूस निकाला था। उस जुलूस में आशु भी था। उसके बायें हाथ में गोली लगी थी। मेरे पास टेलीग्राम आया, मैं उसे देखने के लिए ढाका गया। ज्योंही ढाका स्टेशन पर उतरा त्योंही देखा, सामने मुजीबुर खड़ा है। उसने कहा—चाचा साहेब, आप, चिन्ता मत करिएगा, घबराइएगा नहीं, आशान कुशलपूर्वक है।

'अमीन बेटा, मुझे खुद भी पता नहीं था कि डर-भय नाम की वस्तु को मैंने कब पद्मा के पानी में बहा दिया था। मुझे डर किसी बात का नहीं था। मैं डरता नहीं था। किससे डरता ? डरता हूं तो सिर्फ दीन-दुनिया के मालिक खुदा से, श्रद्धा है तो सिर्फ पैगम्बर में। और किससे डरता भला ? पंजाबी मुसलमान कहते हैं, इस्लाम वे ईरान-तुर्किस्तान से लाए हैं। हम काले आदमी तो सिर्फ मछली-भात खाना जानते हैं। उनके अनुसार हम न तो खुदा को जानते हैं, न पहचानते हैं। हाय रे उनकी समझ, जो कहते हैं, खुदा मेरा है, मेरा खुदा है। इस्लाम मेरा है, मेरा इस्लाम है।'

अचानक अमीन चौंककर सतर्क होकर बैठ गया। बोला, 'अब्बाजान !'

हाजी साहब के जवाब देने से पहले ही अमीन ने फिर आवाज़ दी, 'अब्बाजान !'

हाजी साहब भी दृढ़तापूर्वक सीधे तनकर बैठ चुके थे। बोले, 'हां, अमीन !'

अमीन ने कहा, "व्हिसिल की आवाज़ सुन रहे हैं न ?'

'हां, सुन रहा हूं।'

हाजी साहब ने मुझसे कहा, 'डेविड, उठो ! लड़की को भी उठाओ। तुम लोगों को इसी वक्त गांव से बाहर पहुंचाकर रास्ता बता दूं।'

देखते ही देखते व्हिसिल की आवाज़ से सारा गांव जाग उठा। गांव के चारों ओर से लड़कों के झुण्ड भाग-भागकर एक जगह इकट्ठे होने लगे। वे सभी मस्जिद के सामने इकट्ठे हो रहे थे। खान सिपाहियों की मिलिट्री लारी, ट्रक, जीप आदि इस ओर रवाना हो चुकी हैं। नदी में लांच द्वारा रवाना हुए हैं ये लोग। गांव को तीन ओर से घेरकर वे आगे बढ़े आ रहे हैं। तीन ही तरफ से क्यों, एक प्रकार से चारों तरफ से ही घेर लिया है। पर फिर भी कई दुर्गम पथ अभी बाकी हैं भाग निकलने के लिए। एक तो है नदी के बांध के बगल से होकर। दूसरा है मैदान के बीच में से, जो पैदल चलने का रास्ता है। दोनों ओर खेत हैं। उनमें धान की ऊंची-ऊंची फसल लहलहा रही है। मिट्टी भी नरम है अतः उसपर भारी मोटरें वगैरह नहीं चल सकतीं।

फिर दो व्यक्ति पास आ खड़े हुए। बोले, 'गाड़ियों की आवाज़ नज़दीक आती जा रही है और...'

'और क्या ? जल्दी बोल।'

'घर-घर में लोग पाकिस्तानी झंडा लगा रहे हैं।'

अमानुल्ला उठ खड़ा हुआ। मुट्ठियां उछाल क्रोध में चिल्लाकर कहा उसने, 'बेईमान कहीं के...'

हाजी साहब ने बेटे को टोककर कहा, 'गुस्सा मत कर, अमीन बेटे ! ये लोग बेहद गरीब तथा बहुत ही दुःखी हैं रे। डर-डरकर ही तो ये लोग दो सौ, पांच सौ, हजार बरसों से किसी तरह जीवित रह रहे हैं, बेटा ! आज तुम लोगों से डर रहे हैं तो कल उन लोगों से डरेंगे, यही इनका स्वभाव है। लगाने दे बेटा, लगाने

दे उनको। बल्कि जो लोग नहीं लगाते उनसे भी कह दे कि वे भी पाकिस्तानी झंडा लगा लें अपने घरों पर। सिर्फ हमारे घर पर तथा इस मस्जिद के आंगन में चांद-तारा मार्का झंडा नहीं लगाया जाएगा।'

उसके बाद उन्होंने पूछा, 'औरतों-लड़कियों को यहां से रवाना हुए कितनी देर हो चुकी है ?'

'बहुत देर।'

'साथ कौन गया है ?'

'दोनों भाई गए हैं।'

'और छोटका इबादत ?'

'वह बन्दूक लिए खड़ा है। कहता है, लड़गा।'

'उससे कहो, मेरे पास आए। मैं भी लड़ूंगा इन शैतानों के विरुद्ध।'

'अब्बाजान !'

'नहीं अमीन, मैं यहां से नहीं हटूंगा। मैं अवश्य लड़ूंगा। तू डेविड और इस लड़की को उत्तर में मैदान वाले रास्ते तक पहुंचा दे !'

फिर मुझसे बोले, 'डेविड, अपने नसीब और उस दीन-दुनिया के मालिक की दया का ही भरोसा करो...अब जाओ तुम लोग।'

फिर बोले, 'मनुष्य के चाहने-भर से ही सब कुछ अच्छा नहीं होता और न उसके चाहने पर किसीका बुरा ही हो सकता है। एक बात और कहूं, मनुष्य सिवाय अपनी पत्नी के किसी लड़की को बांधकर नहीं रख सकता। अतः कभी ज़रूरत पड़े तो इस लड़की का तुम वही परिचय देना।'

" हमारा नसीब ही कहिए इसे। नसीब के फेर के अलावा ऐसा क्योंकर हो सकता था ! अमीन साहब ने मैदान वाले रास्ते तक पहुंचाकर कहा था, 'यहां से सीधे चले जाइएगा, भाई।'

उस वक्त सुबह हो चुकी थी, पर सूर्य अभी नीचा ही था। शायद अमीन साहब हमारे साथ थोड़ी दूर तक और आते, पर पीछे से बन्दूक चलने की आवाज़ सुनाई पड़ी। पीछे का मतलब गांव की ओर से। अमीन साहब ने कहा, 'सीधे

चले जाइए। रास्ते के किसी गांव में न घुसने में ही भलाई है। आपके तथा लड़की के चेहरे की विपरीत गढ़न ही आपके लिए मुसीबत ले आएगी। पर उपाय क्या है ? चले जाइए। मैं लौटता हूं अब। उधर शायद खान सिपाहियों ने सब कुछ समाप्त कर दिया है। तभी तो वह देखिए धुआं उठ रहा है।'

मैंने भी मुड़कर देखा, धुआं उठ रहा था। काले धुएं के बादल कुंडली मारकर गांव तथा खेतों पर छाए हुए थे। बहुत-से लोगों की समवेत-भयातुर आवाज़ें सुनाई पड़ रही थीं। उन्हीं सब आवाज़ों के बीच कभी राइफल से गोली चलने की आवाज़ आती तो कभी भारी विस्फोट की आवाज़ आती।

नजमा ने डरकर मेरे शर्ट के कोने को कसकर पकड़ लिया और व्याकुल होकर बोली, 'अब क्या होगा, भाई साहब ? अब कहां जाएंगे हम लोग ?'

मैं एकटक गांव पर कुंडली मारे काले धुएं के बादलों की ओर ही देखे जा रहा था। उधर ही देखते हुए मैंने जवाब दिया, 'यह तो मुझे भी नहीं पता, नजमा, कि अब क्या होगा।'

अचानक नज़र आया कि लोग-बाग गांव से निकल-निकलकर मैदानों-खेतों की ओर भागे चले आ रहे हैं। वे सब भागते-भागते गिर पड़ते, लेकिन फिर उठकर भागने की कोशिश करते। अब मेरी समझ में आया कि क्या बात थी। उनके पीछे गोली चल रही थी। शायद लाइट मशीनगन से गोलियां चलाई जा रही थीं।

देखते ही देखते काले धुएं की कुंडली को सिर पर धारण किए आग की लपट-सी दिखाई पड़ने लगी। अचानक हवा में सनसनाहट की सी आवाज़ें करती हुई कुछ चीज़ें सामने की ओर चली गईं। कुछ लोग धान-खेत के भीतर कुछ दूर चलकर गिर पड़े। मैंने नजमा का हाथ पकड़ घसीटते हुए कहा, 'नजमा, लेट जा, गोली चल रही है। गोली चल रही है। गोली ! मशीनगन की गोली चल रही है।' बहुत देर बाद उठा था मैं। हां, सचमुच ही बहुत देर बाद। उस वक्त सूर्य बिलकुल माथे पर चढ़ आया था। कलाई पर घड़ी बंधी थी, पर उसमें चाबी नहीं दी थी मैंने। चाबी देना भूल गया था, इसलिए वह बन्द हो गई थी।

धान के पौधों के बीच-बीच में घुटनों के बल चलकर ज़रा झाड़-झंखाड़

से घिरी जगह देख, हमने वहीं पर आश्रय लिया। पानी और कुछ रोटियां हमारे पास थीं, जो हमने कल ही तैयार करके कंधे से झूलती झोली में डाल ली थीं। उस आड़ में बैठकर हम दोनों ने एक-एक रोटी खाई।

नजमा देखने में छोटी अवश्य थी—एक दुबली-पतली काली लड़की, लेकिन उसकी छातियों में मानो कभी न खत्म होने वाला दूध भरा था। और उसका लड़का भी, जिसका नाम चांद था, बहुत शांत स्वभाव का था। बेटा इस खून-खराबी में भी हंस रहा था। हम वहां से शाम के वक्त निकले थे। साथ एक टॉर्च थी, जिसकी बैटरी कमजोर हो गई थी। उसीपर भरोसा कर हम वहां से निकल आए थे। गांव की ओर भी उस वक्त तक धुआं, आग और कोलाहल कम हो गया था। ऐसा लग रहा था, मानो वहां के विद्रोह-विप्लव का दमन करने के लिए सैनिकों का जो दल आया था, वह अपना काम पूरा कर वापस चला गया है।

भरोसा कर हम निकल पड़े थे। मैंने नजमा से कहा, 'डरना नहीं, अगर तुम डरोगी तो मुझे कोई भी राह नहीं सूझेगी।'

नजमा ने कहा, 'नहीं, बड़े भैया, मैं बिलकुल नहीं डरती। तुम चलो।'

अकस्मात् मैंने नजमा से पूछा, 'मान लो नजमा, हम पकड़े जाते हैं ?'

नजमा ने कहा, 'वह मेरा नसीब, और क्या कह सकती हूं ?'

"क्या पता यह किसके नसीब का फेर था, कि आधे घंटे के भीतर ही हम दोनों पकड़े गए। खेतों के भीतर से हम लोग कुछ ही दूर चले होंगे कि महसूस हुआ, हम रास्ता भूल गए हैं। बिलकुल अंधेरी काली रात। दूर-दूर पर गांव की बत्तियां दिखाई पड़ रही थीं, पर उधर जाने का साहस नहीं हो रहा था। हम निःशब्द चल रहे थे और इस चिन्ता में थे कि किसी पेड़ के नीचे कोई आश्रय मिल जाए। चलते-चलते ऐसा लगा मानो पेड़ दीख गया हो। वह दूर शायद कोई पेड़ ही है—ऐसा सोच हम उधर ही बढे, और ज्योंही पेड़ के करीब पहुंचे कि उसी क्षण हमारे चेहरे पर टॉर्च की तेज़ लाइट पड़ी। प्रश्न हुआ, 'कौन ? कौन हो तुम लोग ?'

मेरे कुछ कहने से पहले ही उसने फिर कहा, 'तुम कौन हो ? तुम तो इस देश के आदमी नहीं हो। यह चेहरा, ये आंखें, बालों का यह रंग, शरीर का रंग !... कौन हो तुम ?'

मैं उस व्यक्ति की ओर देखे ही जा रहा था। उसके मुंह पर रोशनी नहीं पड़ रही थी, फिर भी उसका चेहरा मुझे साफ दीख रहा था। मैंने देखा, वह उसी देश का व्यक्ति था। मुझे लगा, रजाकार-टजाकार दल का कोई व्यक्ति होगा, या मुस्लिम लीग का होगा। सिर पर पहनी टोपी में चांद-तारे जड़े हुए थे। उसके साथ कई व्यक्ति और भी थे।

मैंने अपना सही परिचय दे दिया। कुछ भी नहीं छुपाया। मैंने बताया कि मैं एक पाकिस्तानी क्रिश्चियन हूं। मेरे पिता अंग्रेज़ थे। मां देशी क्रिश्चियन थी।

मैंने अपना पासपोर्ट भी उसे दिखा दिया।

लेकिन वे लोग बहुत ही क्रूर हंसी हंस रहे थे। उनकी हंसी का मतलब मैं पहले तो ठीक से समझ नहीं पाया था, लेकिन फिर समझने में देर नहीं लगी। उसने मेरी अच्छी तरह तलाशी ली और जो कुछ मिला वह रूमाल में बांधकर अपनी कमर में खोंस लिया। उसके बाद दांत पर दांत पीसते हुए विचित्र कामातुर हंसी हंसकर उसने अपने दोनों हाथ नजमा के सीने की ओर बढ़ाए।

आपने भी अपनी आंखों से देखा ही है कि क्षीणकाय नजमा के पास समृद्धिशाली यौवन है। हां, इन कुछ दिनों, मैं बराबर इसकी ओर देख-देखकर, बार-बार इसके इस समृद्ध यौवन की ओर देख-देखकर यही सोचता रहा हूं कि क्यों है ऐसा...ऐसा उद्दंड यौवन...

लेकिन जिस वक्त यह अपने बेटे को गोद में लेती है, उस वक्त मैं महसूस करता हूं कि इसका यौवन उद्दंड यौवन नहीं, समृद्ध यौवन है। इसके यौवन की समूची समृद्धि इसके बेटे के लिए है।

मैं चिल्लाया, 'नहीं !'

नजमा भी चीख पड़ी थी। भाषाहीन एक चीख निकल पड़ी उसके मुंह से। ठीक उसी क्षण तेज़ रोशनी जल उठी। साथ ही मोटर की आवाज़ सुनाई पड़ी। अंधेरे में हम अनुमान नहीं लगा पाए थे कि वह पेड़ मोटर-गाड़ियों

आदि के आने-जाने वाली सरकारी सड़क के किनारे था। प्रकाश होने के साथ ही साथ राइफल चलने की आवाज़ आई। उसके बाद लगातार तीन-चार बार राइफल चली। हवा में सनसनाती गोली हमसे ज़रा-सी ही दूरी से गुजर गई।

वे लोग चीख उठे, 'पाकिस्तान ज़िन्दाबाद !'

गोली चलनी बन्द हो गई। गाड़ी घरघराती हुई पास आकर रुक गई। एक मिलिट्री जीप थी। उसके पीछे एक और जीप थी। गाड़ी रुक गई पर बत्ती बन्द नहीं हुई उसकी। अब वह रोशनी पूरी तरह हमपर ही केन्द्रित थी। नजमा ने मुझे कसकर पकड़ लिया और फफककर रो पड़ी।

मैंने अपने ईश्वर को याद किया। क्राइस्ट को याद किया। अल्लाह ताला को पुकारा। पैगम्बर रसूल को पुकारा। हिन्दुओं के भगवान को भी पुकारा कि नजमा को बचाओ। एक भिखारी की लड़की, एक काली लड़की, एक मजदूर की बेवा बीवी, जो मुझे 'बड़े भैया' कहती है। मुझे सज्जन समझ अपनी आत्मरक्षा हेतु जकड़कर पकड़ रखा है जिसने। मैं दुर्बल हूं, आप सब इसे बचाइए। बचा लीजिए इसे।

तभी एक भारी-भरकम आवाज़ ने मुझसे पूछा, 'क्या नाम है तुम्हारा ?' और फिर दूसरे ही क्षण 'हलो, क्या तुम डेविड आर्मस्ट्रांग हो ? मोटर मैकेनिक डेविड, तुम गज़ल गाने वाले डेविड ही हो न ?'

मैं तो चकित-सा खड़ा रह गया। साथ ही मुझे डर भी बहुत लग रहा था। ढाका की 25 तारीख वाली रात की घटना बारबार आंखों के सामने घूम रही थी। फिर भी आश्चर्य की कोई सीमा न रही। मिलिट्री जीप से उतर इस तरह आत्मीयता से मेरा नाम लेकर किसने बात की मुझसे ?

कुछ आश्वस्त होने पर मैंने पूछा, 'आप कौन हैं ? आप...आप...'

उत्तर मिला, 'पहचानते नहीं ? मैं ज़फर मोहम्मद हूं, लाहौर का जफरुल्ला खां। मेरी ओर देखो...'

उसके बाद एकसाथ ढेरों प्रश्न।

'तुम यहां कैसे आ गए? यहां क्या कर रहे हो तुम ? आजकल क्या करते हो ? तुम्हारा चेहरा ऐसा कैसे हो गया ? अरे, क्या तुम भी इन नीच लोगों से

सम्बन्धित हो गए हो ?

'अरे, यह कौन है ? यह तो...? छोकरी है ? यह काली लड़की ? आहा ! यह तो बहुत अच्छी चीज़ है। खूबसूरत है ! अरे यार डेविड, कहां से मार लाए ऐसा बढ़िया चीज़ !'

कामांध लालसा उसकी बातों में से झर-झर झर रही थी। नजमा ने मुझे कसकर पकड़ लिया।

"ज़फरुल्ला खां ! वही जफरुल्ला खां, जो पाकिस्तान इलेक्ट्रिसिटी बोर्ड का एक ऑफिसर था। जिसने मेरी गज़ल सुनकर मुझसे दोस्ती की थी। जो मुझे साथ लेकर पूर्व पाकिस्तान आना चाहता था, लेकिन मैं उसके साथ नहीं आया था। मुझे अच्छा नहीं लगा था उसके साथ आना।

उस दिन, उस क्षण, मैंने बहुत शर्मिन्दगी महसूस की थी।

ज़फर खां ने मुझसे कहा, 'तुम्हारी किस्मत अच्छी थी जो तुमपर मेरी नज़र पड़ गई, नहीं तो ये लोग पहले तुम्हें गोली मारते, फिर कोई बात करते। ये काले बंगाली जो अंग्रेज़ी पढ़-पढ़कर होशियार हो जाते हैं और कायदेआज़म के पाकिस्तान को बरबाद कर देना चाहते हैं, उन लोगों को कुत्ते की मौत मार डालने की कसम खाकर हम इस लड़ाई के मैदान में उतरे हैं। थैंक योर स्टार डेविड, निःसन्देह तुम्हारा नसीब अच्छा है।'

फिर गाड़ियों में बैठकर सब हाजी साहब के गांव की ओर रवाना हुए। सभी गाड़ियां आकर मस्जिद के सामने ठहर गई। गोली एवं बायोनेट से बिंधकर मरे लोगों की लाशें चारों ओर बिखरी पड़ी थीं। इसी गांव के लोग थे वे सब। लड़के-लड़कियां, औरत-पुरुष, बाप-बेटी, बूढ़े-बढ़ी सब मरे पड़े थे।

गाड़ी से उतरते ही ज़फर खां ने कहा, 'वह शैतान, कुत्ता, हरामी मिला कि नहीं ? वही नीच, हाजी अब्बास ? नहीं मिला ?'

'नहीं।'

ज़फर खां ने हाजी को बहुत-सी अश्लील गालियां दीं।

पाकिस्तान का दुश्मन, इस्लाम की हुकूमत न मानने वाला हाजी शेख अब्बास ! धान-चावल का व्यवसाय करके मिल-मालिक ज़फर खां के साथ

दुश्मनी करने वाला शेख अब्बास ! अवामी लीग का झंडा फहराने वाला हाजी अब्बास ! इतने गुनाहों का गुनहगार मिल नहीं रहा है ?

'अच्छी तरह से ढूंढ़ा तुम लोगों ने ? चाहे कहीं से भी, मुर्दा या ज़िन्दा, हर हालत में उसे ढूंढ़ निकालो। टॉर्च लाइट, सर्चलाइट जलाकर ढूंढ़ो।

'अच्छी तरह देख लो, कहीं अवामी लीग के किसी व्यक्ति का मकान साबुत तो नहीं बचा है, आग के दामन से अछूता तो नहीं रह गया ? देख लो अच्छी तरह। जाओ, देखो ! देखो !'

एक स्थानीय व्यक्ति दो लाशों को घसीटता हुआ ले आया ज़फरुल्ला के पास। 'यह देखिए, यह है हाजी का मंझला बेटा, अमीन, अमीनुल्ला शेख, और यह है दूसरा बेटा, इरशाद।'

ज़फर खां ने उनकी ओर ध्यान से देखा। फिर लाशों पर दो लात लगाकर बोला, 'ठीक है, ठीक है। बुड्ढा अवश्य मिलना चाहिए।'

फिर बोला, 'अच्छा, इनके घर की सब औरतें कहां हैं ?'

'उन्हें तो इन लोगों ने पहले ही यहां से हटा दिया है।'

'...आ...ह! '

"उसकी बातें सुन-सुनकर मैं पत्थर-सा हुआ जा रहा था। असहाय पंगु की तरह जफर खां के सामने बैठा था मैं। जफर खां परम उल्लास एवं उत्साह सहित सामने रखे साबुत मुर्गी के रोस्ट पर भूखे भेड़िये की तरह टूट पड़ा। साथ में व्हिस्की भी थी।

हाजी साहब के गांव से करीब तीन मील दूर, नदी के बिलकुल किनारे, जफरुल्ला खां की राइस मिल तथा उसके अन्य कामधन्धों से सम्बन्धित कतारबद्ध ऑफिस थे। उनके पास ही था उसका खूबसूरत बंगला। बंगले की छत पर पाकिस्तानी फ्लैग उड़ रहा था। बरामदे में बैठा ज़फरुल्ला खां खा रहा था। वहीं मैं भी बैठा था। नहीं, मैं भी खा रहा था। मेरे सामने भी खाना पड़ा था। लेकिन मैं देख रहा था ज़फर खां को।

जफर खां पहले से मोटा हो गया था। रंग अवश्य कुछ काला पड़ गया था, लेकिन चर्बी बहुत बढ़ गई थी। ठोड़ी के नीचे मांस की थैली-सी झूल रही थी। चर्बी के मारे उसका चेहरा ढक गया था। अब वह हा-हा करके छतफाड़ हंसी हंसना

सीख गया था। बीच-बीच में दांत पीसने लगता। उसका सारा आक्रोश हाजी अब्बास पर था।

जफर खां पंजाब से पूर्व पाकिस्तान आया था—दौलत और ज़मीन की लालसा लेकर।

'पूरब या दक्षिण की तरफ चले जाना।' जफर खां ने मुझसे कहा था। कहा था, 'मेरे बाप-दादा कहा करते थे, एक ही जगह जागीर के टुकड़े-टुकड़े मत करो। अलग-अलग फैल जाओ। मेरे पूर्व पुरुष समद खां यहां नादिर शाह के साथ आए थे। नादिर शाह ने समूचे बलूचिस्तान, पश्चिमी पंजाब एवं हिन्दुस्तान को बादशाह से छीन लिया था और यहां बहुत-से जागीरदार नियुक्त कर गया था। समद खां की जागीर को उसके बेटे ने और बढ़ा दिया था। शाह अब्दाली ने दिल्ली के बादशाह को हराकर अपने राज्य की सीमा जब बढ़ा ली तब समद खां के लड़के की जागीर की सीमा भी बढ़ गई थी। उसके बाद जितने भी लड़के होते गए, सब पूरब की तरफ आते गए। छोटी जाति के इन काले आदमियों के इस मुल्क में हमने इस्लाम को लाकर इन लोगों को जाति प्रदान की है, मान दिया है। इन लोगों को घर-द्वार बनाना सिखाया है। डेविड, तुम लोगों ने यहां आकर हमारी बादशाहत, हमारी सल्तनत के सुखी जीवन को बरबाद कर दिया है। अल्लाह की मेहरबानी थी कि अंग्रेज भारत छोड़ने पर मजबूर हो गए, पर अफसोस इस बात का है कि तुम लोगों ने बेईमानी की और हमारी बादशाही हमें वापस नहीं दे गए। बस थोड़ा-सा हिस्सा उत्तर-पश्चिम पाकिस्तान का तथा थोड़ा-सा हिस्सा पूर्व का हमें देकर बाकी सारा हिन्दुओं को दे गए।'

मुर्गी के रोस्ट को पूरा का पूरा खाकर, जफर खां ने लबालब भरा हुआ शराब का गिलास उठाकर खत्म किया और सिगरेट सुलगाकर बोला, 'तुम खा नहीं रहे, डेविड ?'

मैं कोई जवाब दे नहीं पाया। एक अनजाने भयवश मेरे गले में कुछ अटक रहा था। जफरुल्ला खां में मुझे 25 मार्च की रात के उस ताण्डव-नृत्य को करवाने वाले एक ऑफिसर की झलक दीख रही थी। क्या जवाब दें, मन ही मन मैं यही सोच रहा था।

ज़फरुल्ला खां यहां एक विशिष्ट व्यापारी एवं मिल-मालिक है। पंजाब से पूर्व पाकिस्तान में आकर जिन लोगों ने यहां के समस्त व्यापार को अपनी मुट्ठी

में ले लिया है, जफरुल्ला खां उन्हींमें से एक है। धान-चावल के व्यापार का वह तीसरा या चौथा प्रधान व्यापारी है। इस अंचल में जो लोग मुस्लिम लीग और जमायतेइस्लाम के समर्थक हैं, प्रधान हैं, उन लोगों का पृष्ठ-पोषक है वह। हाजी साहब के इस गांव में आकर पाकिस्तानी सिपाहियों ने जो काण्ड किया—आग लगाकर सब कुछ भस्म किया, बेचारे साधारण अभागे लोगों को बिना सोचे-विचारे खून किया तथा गांव पर पाकिस्तानी झंडा फहराया, यह सभी ज़फरुल्ला के निर्देशन में किया गया। ज़फरुल्ला ने आबू ताहिर तथा कुछ अन्य लोगों की सलाह से यह सारा कार्यक्रम पहले ही से तैयार कर लिया था। वह अपनी पत्नी तथा बच्चों को लेकर पहले ही ढाका चल दिया था। ढाका में उसका अपना मकान है। पत्नी-पुत्रों को वहां छोड़कर वह पाकिस्तानी सिपाहियों और पाकिस्तानी जिहाद के साथ वापस लौट आया था। यहां जिन्होंने ज़फरुल्ला का विरोध किया था, वे थे हाजी साहब और उनके साथी। आज उसका बदला ले लिया था ज़फरुल्ला ने। हाजी साहब के गांव में कुछ पाकिस्तानी फौजियों को छोड़कर बाकी सब वापस चले गए हैं। अब ज़फर साहब अपने मिल वाले बंगले में परम विजयी की तरह हर्षोल्लसित हो हा-हा कर हंस रहा है। पर मैं लाचार था। उनसे कैसे कहता कि ज़फर साहब, आपकी यह हंसी मुझे अच्छी नहीं लग रही है ?

मैं अच्छी तरह समझता था कि जिस मुहूर्त में यह बात उनसे कहूंगा उसी क्षण वे बगल में चेयर पर चमड़े के बेल्ट सहित रखी रिवाल्वर को उठाकर मेरी ओर तान देंगे तथा दूसरे ही क्षण वह रिवाल्वर गरज उठेगी और मेरा सीना छलनी कर देगी। उनके पास जो रिवाल्वर थी वह सिर्फ आर्मी वाले ही व्यवहार में लाते हैं। पैंतालीस बोर की रिवाल्वर थी वह।

जफर खां ने शराब का गिलास अपने हाथ से उठाकर मेरी ओर बढ़ाया और बोले, 'लो पियो। आज इस राज्य पर मेरी विजय की खुशी में पियो मिस्टर डेविड ! सचमुच मैंने आज एक राज्य जीता है। उस निकृष्ट व्यक्ति शेख अब्बास को मैंने आज खत्म किया है, जो कहता था कि वह हज कर आया है, इन्शाअल्ला। पैगम्बर रसूल मुझसे अवश्य ही नाराज़ हुए होंगे, पर आज उस अब्बास के बच्चे को मैंने खत्म कर दिया है। उसका मकान चकना-चूर कर दिया है। उसके लड़के भी शायद सभी मारे गए हैं। बस, उनकी औरतों को नहीं पा सका। पर उन्हें

भी ढूंढ़ ही लूंगा। जाएंगी कहां? अब यह इलाका मेरी जागीर है, मेरा राज्य है। तुम्हारा नसीब बहुत ही अच्छा है जो तुमपर मेरी नज़र पड़ गई, नहीं तो हमारे सिपाही तुम दोनों को ज़रूर खत्म कर देते।'

इस बार मैंने उनसे कहा, 'मिस्टर खान, इस अहसान के लिए आपको बहुत-बहुत धन्यवाद, पर मेरी आपसे एक और प्रार्थना है।'

'कहो।'

'अब हमें छोड़ दीजिए। हम यहां से किसी सुरक्षित स्थान में जाकर...'

'सुरक्षित!' हा-हा कर अट्टहास कर उठाज़फरुल्ला खां। बोला, 'सुरक्षित स्थान कहां है, डेविड ? पूरे पूर्व पाकिस्तान की धरती खून से भीग जाएगी। जो लोग हमें यहां से निर्मूल करना चाहते थे, जो हमें यहां से भगाना चाहते थे, उनमें से किसीको भी नहीं छोड़ूंगा। तू मेरे पास ही रह, डेविड ! अपनी ज़िन्दगी के बाकी दिनों का आनन्द भोग। मैं तुम्हें एक अच्छी नौकरी दूंगा। उसके साथ दूंगा एक नायाब हरम। ए वेरी गुड हरम। पर हां, इसी देश की लड़कियां होंगी उसमें। दे आर वेरी गुड, वेरी-वेरी गुड गर्ल्स। इससे अच्छी लड़कियां और कहीं नहीं मिलेंगी उपभोग करने के लिए। ये काली लड़कियां...।'

एक और गिलास को शराब से पूरा भरकर ज़फरुल्ला ने मुझसे कहा, "सुनो, तुम्हें एक कहानी सुनाता हूं। हमारे पुरखे इस देश में नादिर शाह के साथ आए थे, पर यहां से वापस लौटते वक्त हमारे पुरखे सिन्धु नदी के आसपास के अंचल के नवाब बन बैठे थे। उनके हरम में एक सौ गोलियां, बांदियां थीं। व्यापारी लोग गुलामों के हाट से चुन-चुनकर उनके लिए गुलाम बांदियां लाते। उन्हें गुजरात की ग्वालिनें बहुत अच्छी लगती थीं, लेकिन जिनका गोरा रंग होता उन्हें वे पसन्द नहीं करते थे। हमारे ही वंश के एक और अमीर के लिए उनका आदमी अफ्रीका जाता था बांदी लाने के लिए। उन्हें हब्शी लड़कियां पसन्द थीं।'

मैं तो उसकी बातें सुन-सुनकर स्तब्ध हुआ जा रहा था। स्तब्ध होकर सुन रहा था। मैं एंग्लो-इंडियन मां और अंग्रेज़ बाप का बेटा हूं। सोलह-सत्रह साल की उम्र में ही मेरा बाप मुझे पाकिस्तान में अकेला छोड़कर खुद इंगलैण्ड

चला गया था। मैंने भी बहुत दुनिया देखी है। अब तक नंगी जिन्दगी भी बहुत देखी है मैंने, लेकिन ज़फर खां जैसा वल्गर (अश्लील) व्यक्ति नहीं देखा। ऐसा गलीज़ एवं भयानक व्यक्ति मैंने अपनी ज़िन्दगी में दूसरा नहीं देखा। दांत पर दांत भींचकर वह हंस रहा था। बीच-बीच में तिनके से दांत खुरचता हुआ बोलता जा रहा था।

'मैं बंगाली लड़कियां पसन्द करता हूं, काली बंगाली लड़कियां। मुझे यहा आए कुछ ही साल हुए हैं, पर यहां मेरे पास एक बहुत बड़ा मज़ेदार हरम है। काली गरीब लड़कियों द्वारा बना हुआ हरम है मेरा। जानते हो, इन्हें हरम में क्यों रखता हूं? मैं जब भी इनकी ओर देखता हूं, मुझे यह अहसास होता है कि इन्हें मैं युद्ध में जीतकर लाया हूं...तुम्हें भी मैं एक ऐसा हरम दूंगा। अगर तुम काली लड़कियों को पसन्द नहीं करते तो गोरी लड़कियां मंगवा दूंगा। बहुत मिल जाएंगी। लाखों पढ़े-लिखे जवान मरेंगे, डेविड ! उनकी बीवियां, बेटियां सब जीवित रखी जाएंगी। उन्हें हम भोगेंगे।'

मैं तो उसकी बातें सुन-सुनकर मानो गूंगा हो गया था और सिर्फ उसके मुंह की ओर ताक रहा था मूर्खों की तरह। मेरी मानसिक स्थिति ऐसी थी कि चिन्ता का कोई प्रत्यक्ष रूप मन में नहीं ठहर पाता था।

ज़फर खां बोले ही जा रहा था, 'मुझे वे पसन्द नहीं...वे पढ़ी-लिखी माडर्न बंगाली लड़कियां; मुझे पता है कि तुम भी इन्हें पसन्द नहीं करते। तुम्हारी च्वाइस (पसन्द) बहुत अच्छी है। तुम्हारी लड़की मैंने पसन्द की है।'

उसकी यह बात सुनते ही मानो मुझे इलेक्ट्रिक करेंट का ज़ोरदार झटका लगा हो। मैं चिल्ला उठा, 'मिस्टर खान...!'

जफर खां ने कहा, 'क्या बात है ?'

मैंने कहा, 'नहीं।'

उसने पूछा, 'क्या नहीं ?'

'उसके शरीर पर हाथ न लगाना, ज़फर खां ! नहीं, नहीं !'

ज़फर खां हा-हा-हा करता मानो हंसी से दुहरा हुआ जा रहा था।

"अधिकारी महोदय, ज्यों-ज्यों रात होती गई, नरक का भयानक नज़ारा मेरे सामने मूर्त होता गया।

ज़फरुल्ला खां के चारों ओर तेज़ उजाला हो रहा था। शायद सुरक्षा की दृष्टि से ही यह उजाला किया गया था। उस उजाले में मैंने देखा कि कितनी ही असहाय, अनाथ लड़कियों को लेकर फूस और पुआल बिछे कम्पाउण्ड की ज़मीन पर कितने ही नरपिशाचों की अकल्पित पैशाचिकता नृत्य कर रही थी।

मैं बरामदे के एक खम्भे से कसकर बांध दिया गया था। मेरे सामने टेबल पर वही पैंतालीस बोर की रिवाल्वर पड़ी थी। सामने वाले कमरे में फर्श पर नंगी अनावृत एक लड़की पड़ी थी। वह लड़की नजमा थी। बेहोश नजमा। उसके बाल चारों ओर बिखरे हुए थे। दोनों हाथ निर्जीव-से दोनों ओर पड़े थे।

उससे कुछ ही दूरी पर शान्त एवं निस्पंद उसका चांद पड़ा था। मेरी आंखों के सामने ही जफर खां ने बच्चे के गले पर पांव रखकर उसकी हत्या कर दी थी। उसके बाद मेरे सामने ही नजमा को विवस्त्र कर कुटिल उल्लास में भरकर उसका घर्षण किया था। नजमा ने कई बार मनुष्य की दुहाई दी थी, अल्लाह की दुहाई दी थी, चीखी-चिल्लाई थी, लेकिन थोड़ी देर बाद उसका चिल्लाना बन्द हो गया था। वह चीखी-चिल्लाई नहीं यह बात नहीं, बल्कि वह चिल्ला नहीं सकी। वह बेहोश हो चुकी थी।

ज़फर खां उसके पास नंगा खड़ा था। उसके हाथ में शराब से भरा गिलास था। कैसा भयानक दीख रहा था वह, इसका मैं सिर्फ स्मरण ही कर सकता हूं, वर्णन नहीं कर सकता। वर्णन करके आपको समझा नहीं सकता।

मेरे देखते-देखते ही नजमा पर दुबारा झपट पड़ा था।

ठीक उसी समय मेरे कानों में राइफल चलने की आवाज़ सुनाई पड़ी। साथ ही साथ वहां घुप्प अंधकार छा गया। सभी लाइटें बन्द हो गई।\

कई मनुष्यों के गले से निकली एक समवेत चीत्कार सुनाई पड़ी। आकाश को विदीर्ण कर देने वाली चीत्कार थी वह। कैसा भीषण क्रोध था उस चीत्कार में, कैसा प्रचण्ड उल्लास था उस चीत्कार में, यह मैं आपको बता नहीं सकता। मैं चौंक उठा। उनकी आवाज़ सुनकर मैं चौंक पड़ा—'बांगला देश ज़िन्दाबाद !'

यह विजयोल्लास सुनकर ज़फरुल्ला खां भी एक पशु की तरह चीख उठा।

उस वक्त तक सब कुछ गहरे अंधेरे से ढंक गया था। ज़फर खां की चीख का अन्दाज़ा तो मैंने उसके बर्बर गले की आवाज़ से लगाया था। उस गहन अंधकार में वह नंगा दानव अपनी वही रिवाल्वर ढूंढ़ रहा था। मैं खूटी से बंधा हुआ ही अंधकार में खड़ा था। नजमा उसी तरह पड़ी थी।

उसी समय छाया-मूर्ति की तरह लोग आने शुरू हो गए।

वे पूर्व पाकिस्तान के साधारण मुसलमान नौजवान थे। नंगे पांव, कमर में लुंगी, कोई नंगे बदन तो किसीके बदन पर गंजी या खाकी रंग की हाफ बांह वाली कमीज़ थी। उनमें सबसे आगे इबादत था। सोलह बरस का किशोर इबादत। हाथ में उसके राइफल थी। दिन के समय ये लोग भागकर छिप गए थे। शाम होते ही दुबारा एकत्रित होने शुरू हुए तथा रात होते ही झुंड बनाकर आ पहुंचे। वे सब बदला लेने आए हैं।

इन सबको हाजी साहब ही एकत्रित करके लाए हैं। क्रोध से उनका मुंह तमतमा रहा है।

हाजी साहब ने खुद अपने हाथों से जफर खां को गोली मारी।

जफर खां ने मरते वक्त किसी भयानक हिंसक पशु की तरह चीत्कार किया था। एक के बाद एक करके चार गोलियां खाने के बाद भी उसने चीख मारी थी।

"अधिकारी महोदय, हाजी साहब ने अपने आदमी साथ भेजकर हमें बहुत दूर तक छुड़वा दिया था। मेरी यहां आने की न तो इच्छा थी और न ही कोई वजह थी। मैं आया हूं तो सिर्फ इस नजमा के लिए।

नजमा ज़िन्दा रहना चाहती है। इसका चांद मर गया है, पर अब भी यह उम्मीद रखती है। कहती है, 'बड़े भाई, तुम मेरी गृहस्थी बसा दो। मेरा निकाह करा दो। मेरा चांद फिर से लौट आएगा।' नजमा विक्षिप्त-सी हो गई है।

हाजी साहब ने मुझसे कहा है, 'डेविड साहब, उस पार के बंगाल में ले जाओ तुम नजमा को। इस पार के बंगाल में जब बंगला देश का झंडा लहराएगा,

तब तुम उसे लेकर लौट आना।'

मैं बहुत तकलीफें सहकर नजमा को लादकर लाया हूं यहां।

मैं जासूस नहीं हूं। जासूस शब्द से मुझे नफरत है। मैं तो नजमा को लेकर यहां आया हूं। वह एक अद्भुत काली लड़की है। मैं उससे प्यार करता हूं। मैं उसे लेकर वापस उसी देश में लौट जाऊंगा।"

OOO